人虎

MAN TIGER

[印尼]
埃卡·古尼阿弯——著

吴亚敏————————译
唐俊轩————————审校

民主与建设出版社
·北京·

序

本尼迪克特·安德森

　　文学史上最令人振奋的事件往往是文学新人的崛起，它并没有什么目的性，也不被历史的车轮所驱使。最具原创性的作家有如突现的流星，谁能预见到索福克勒斯、维吉尔、紫式部、塞万提斯、梅尔维尔、鲁迅、莎士比亚、普鲁斯特、果戈理、易卜生、马尔克斯或者乔伊斯的出现？从某种意义上而言，他们是时代的产物；从另一种意义上来说，他们又是哺育其成长的本土语言的产物。然而，无数人和他们生活在同一个时代，讲相同的语言，却写不出什么值得纪念的作品。阶级出身和教育背景也都无法解释他们的出现，因为在他们家族的先辈和后裔中，极少有人显示出同样杰出的文学才华。

　　埃卡·古尼阿弯无疑是印度尼西亚当代最具原创性的

1

小说家，一颗出乎意料的文学新星。他出生于 1975 年 11 月 28 日，那一天东帝汶宣布从葡萄牙的殖民统治下独立。1975 年 12 月 7 日——"珍珠港事件" 34 周年纪念日，美国总统福特和国务卿基辛格访问印度尼西亚，为独裁者苏哈托发起吞并东帝汶的战争（使用美国生产的武器）而喝彩。埃卡一直以他的生日为豪，因为从那一天开始，东帝汶人民坚持了长达 22 年的不懈抵抗，最终迫使雅加达放弃了残酷的殖民统治。

十岁前，埃卡大部分时间都和外公外婆生活在西爪哇东南部的一个小村庄里，那是他的出生地，靠近印度洋，地势崎岖，与世隔绝（没有公路通到村里）。外公外婆识字，但简陋的家里没有书籍，小埃卡通过村里的两个女人和一个"隐身人"接触"文学"。他的外婆喜欢讲民间传说、童话故事和村庄的历史。另一个寡居的老妇人（也是他家的远亲）更是讲故事的能手，几乎每天晚上，人们在当地的清真寺做完礼拜后，她就让村里的孩子们聚在她家的廊台上给他们讲各种神奇的故事，这让孩子们开心不已。"隐身人"则是一个电台的故事播音员，他能把主要住着巽他人的西爪哇（当时中爪哇和东爪哇受爪哇人统治）民间传说中的各种人物的声音模仿得惟妙惟肖。

1984 年小埃卡回到父母身边，在庞岸达兰读小学。庞岸达兰位于中爪哇和西爪哇之间，是一个人种混杂的商业小镇，通用语言是爪哇土语和巽他语。小镇里没有书店和公共图书馆，但他的父亲会从学校简陋的图书室里带几本书回家给孩子们看。他的父亲是一名裁缝，也偶尔为游客做几件 T 恤。他还像是埃卡小说中那些人物的原型，身兼两种迥然不同的身份：既是当地穆斯林的领袖，教不会讲阿拉伯语的穆斯林儿童背诵《古兰经》，又在一所学校兼职当英语老师。父亲年轻时曾在一所师范学校读过书，但没毕业。正因为有这样的教育背景，他晚上才能抽空为附近的清真寺写布道词，为各种穆斯林刊物写一些宗教文章（埃卡说他从不看这些文章！）。对埃卡来说，更重要的是，他很小就发现了两个所谓的"书园"，一个在汽车站，另一个在海边小旅馆的后面。小摊贩在那两个"书园"里出售或出租印尼本土的恐怖和格斗漫画，还有胡乱翻译过来的尼克·卡特的侦探系列小说和芭芭拉·卡特兰的爱情小说。有时小贩也会骑着自行车挨家挨户兜售或出租这类书刊。在这种环境的影响下，11 岁的埃卡开始写诗、小故事和小说梗概。

埃卡在庞岸达兰读高中时肯定是个成绩拔尖的学生，所以 17 岁时就被日惹的加札·马达大学录取。1945—1949 年，在印尼人民反抗荷兰殖民者的战争期间，日惹一直是国家的首都。大学时，埃卡只能选择他并不很感兴趣的哲学系，但他在管理混乱的哲学系图书馆里找到了诺贝尔文学奖获得者、挪威作家克努特·汉姆生的一本小说——《大地的成长》的英译本，这令他兴奋不已。后来他又在大学附近的跳蚤市场上的旧书堆中寻到同一作者的另一本更著名的小说——《饥饿》。有意思的是，加札·马达大学图书馆里有一间美国大使馆捐助的美国研究图书室，他惊奇地在里面找到了加西亚·马尔克斯、塞万提斯和博尔赫斯的小说的英译本，还有俄国的果戈理、陀思妥耶夫斯基、托尔斯泰、契诃夫等文学大师的作品（也许是因为当时苏联已经解体）。毫无疑问，这间美国研究图书室里自然少不了福克纳、海明威、韦尔蒂、斯坦贝克、托尼·莫里森和英国作家萨尔曼·拉什迪等名家的作品。

据埃卡回忆，他当时很少读印尼本土的文学，主要有两个原因：一是加札·马达大学容纳了来自印尼全国各地的学生，他们的宗教信仰、种族、语言、风俗习惯和理想抱负千差万别，作为一个"乡下人"，埃卡在日惹这座大都市中切身感受到了文化冲击。而在美国研究图书室里，他可以把这种文化冲击置于身外，集中精力研究世界文学。而且，因为精通英文的印尼人很少，能在这个领域超越他的人不多。二是因为轻视文化的独裁者苏哈托屠杀了数十万所谓的"共产党人"，并在全国设立一系列集中营囚禁政治犯，开始了他的独裁统治时期（1966—1998年），其间各种左派作家和所谓的"颠覆分子"的书籍都被查禁。印尼杰出的小说家和著名的评论家普拉姆迪亚·阿南达·杜尔未经审判，就在偏远的布鲁岛上的监狱里被关了14年，出狱后他的所有作品仍被列为禁书。直到现在，虽然苏哈托的禁令已形同虚设，但仍然没有被废除。

20世纪90年代的加札·马达大学虽然主张变革，但仍是一所旧式的大学，也还没有那么商业化、美国化和学术化。学生可以一直留在学校里读书，不会被退学，毕业论文也不必按照严格的学科划分撰写。直到 1998 年，埃卡都一直在那里读大学，在此期间他在雅加达的《星期天报》上发表了他早期的一些短篇小说。

尽管如此，1997 年埃卡还是决定写一篇关于普拉姆迪亚的"哲学"毕业论文。他为什么要选择这个主题？因为自 1996 年以来，印尼各种报刊上开始提到一个半地下性质的马克思主义政党——"人民民主党"，它吸引了那些积极反对苏哈托政权的年轻大学生，也引起了大众的注意。埃卡回忆说，他和系里一些人民民主党学生有密切联系，但对参加政党或者其他政治组织并不感兴趣。人民民主党在日惹的主要任务之一就是偷偷散发普拉姆迪亚在狱中创作的《布鲁岛四部曲》，这部鸿篇巨制讲述了在 20 世纪的前 25 年中，印尼的民族主义和社会主义的起源与发展。埃卡从一个人民民主党的朋友那里得到了几本，读后深受影响，兴奋不已。

1997 年 7 月，亚洲金融危机在泰国爆发，9 月席卷印度尼西亚。几星期内印尼卢比大幅贬值，从 2500 卢比兑换 1 美元遽降至 17000 卢比兑换 1 美元。银行和企业纷纷破产，人民失业，经济几乎崩溃。民众纷纷走上街头进行示威游行，其中一些活动就是由人民民主党组织的，旨在推翻苏哈托政权。埃卡在日惹参加了示威游行活动，那也是他第一次参加政治活动。为了维护自己的统治，苏哈托政权用残酷的手段极力镇压，很多主要的活动积极分子被绑架、拷打，甚至失踪。"我在 1998 年初向系里那些被吓坏了的老师们提交了关于普拉姆迪亚的毕业论文，但理所当然地被否定了。雅加达'五月暴动'后不久，苏哈托被迫辞职，其政权垮台，我又把论文提交上去，这次自然很轻松地就通过了。"其后，埃卡的一些人民民主党朋友找到一个出版商，愿意出版他的毕业论文《普拉姆迪亚和社会主义的现实主义文学》。

几年后，埃卡在书面回答一个关于哪些印尼作家对他影响最深的问题时，谈到三位忧郁的印尼作家：第一位是印尼最为杰出和主张独立的诗人、北苏门答腊贵族阿米尔·哈姆扎，他在 1945 至 1949 年的革命中被伪装成革命者的匪徒处死；第二位是普拉姆迪亚；第三位是勇敢、激进、主张革新的爪哇诗人威基·杜库，他后来失踪了，也许是遭到苏哈托野心勃勃的女婿普拉博沃将军指派的杀手暗害（庆幸的是，普拉博沃在 2014 年的印尼全国大选中被深受人民爱戴的雅加达年轻州长、第一个没有受苏哈托政权影响的总统候选人佐科·维多多击败）。

原创性作家和他们结交的圈内人通常都有些自负，因此对这些作家和他们作品的研究主要落在历史学家和文学批评家身上。这种情况在印尼和世界上的其他国家都一样，但年轻的埃卡是个少有的例外。他在书中由衷赞赏普拉姆迪亚的政治勇气和对印尼文学的创新，但也认为社会主义的现实主义是一种过时的文学形式。可惜的是，他的研究几乎全部以《布鲁岛四部曲》为基础。当时他看不到普拉姆迪亚从 20 世纪 50 年代开始创作的多卷本短篇小说集，那些短篇小说全然不是社会主义的现实主义文学，而是带有早期的魔幻现实主义风格。

2000 年埃卡出版了第一部小说集，大胆地取名为《厕所中的涂鸦》，两年后他出版了大部头小说《美丽是一种伤痛》。他的短篇小说集和长篇小说在很多方面风格迥异，使他立即成为印尼文学界的一颗新星。埃卡的短篇小说集显示了他作为黑色幽默和讽刺文学的代表作家所具备的写作技巧。他讥讽同时代的人（包括人民民主党领袖，因为他们很快就成为追逐权力的机会主义者），同时也显示出他将童年时期在小山村里听到的故事与苏哈托政权垮台后的都市资产阶级文化相结合的娴熟的写作技巧。相反，《美丽是一种伤痛》虽然是一部带有历史性质的长篇小说，内容跨越印尼的荷兰殖民统治晚期、日本侵略时期、1945—1949年的革命时期、20世纪50年代的伊斯兰极端主义叛乱时期、印尼共产党兴起到最后被血腥镇压等历史时期，以及早期的苏哈托统治时期，但小说的背景并不是全国性的，甚至不是地区性的，而是印度洋沿海一个籍籍无名的小镇。小说中的故事都不见经传，充满了魔幻风格，融合了传统的或新编的民间传说以及混淆不清的口述历史。

埃卡曾经对我说，《美丽是一种伤痛》源于三本早期的小说，后来他决定克服重重困难，把那三本小说合并为一部巨著。读者可以想象，这部小说自觉或不自觉地产生于他对普拉姆迪亚社会主义的现实主义文学的批判，甚至也许是对那位老先生著名的、已被译为多种语言的四部曲发起的挑战。

2004 年他创作了小说《人虎》。和《美丽是一种伤痛》一样，故事的背景依然是印度洋沿海的一个无名小镇及其乡村环境。小说的篇幅相对比较短，但构思更为严谨和讲究，主要描写发生在相互交织的两个家庭的两代人之间充满痛苦的悲剧故事。主人公马吉欧是一个生活在城镇和乡村接合部的普通青年，体内有一头从他敬爱的爷爷那里继承的超自然的白色雌虎。在印尼，很多地方都流传着一些代代相传的神话，说神奇的雄虎保卫着村庄和善良的人家。但这些雄虎是具象的，住在丛林里。埃卡借鉴了这些古老的神话，将他笔下的虎改为雌虎，并让它潜伏在马吉欧体内，他只有在某些情况下才有能力控制它。笔者无意在此叙述《人虎》的更多故事情节，希望给读者留个悬念。

我想更多地评述埃卡写作风格演变的重要特点，正是这些特点使他不同于其他任何同时代的印尼小说家。一是他的文笔十分唯美并使用了海量的词汇进行创作，其中包括当代的新兴词汇和许多仍然在边远村庄中使用却已经在现在的都市用语中消失了的意义晦涩的词。二是他的小说往往以"讲故事者"的口吻展开叙述，人物之间的对话很少，如果有，也只是短短几句。这个"讲故事者"是个完全不存在的人物，读者根本不知道他的性别、年龄、职业或住所。三是埃卡逐步尝试运用超自然的写作手法。在小说《美丽是一种伤痛》中，魔幻无处不在，现在仍然在印尼流行的传统木偶戏场景也极多。这种木偶戏以在当地流传的古印度史诗《摩诃婆罗多》和《罗摩衍那》为基础，因而戏中有一大批男神、女神、高贵的勇士、魔鬼、国王、巨人、小丑、鬼魂、公主，等等。这些形象全都被高度地符号化了，比如公主和女王都美艳无比，而女丑角则长得奇形怪状，相貌平平却又令人着迷的女人并不存在。在埃卡早期的两部小说中，女人总是"美得令人难以置信"或"奇丑无比"。但在小说《人虎》中却只有一个超自然的东西，为人物性格随着故事情节的推进而发展的普通女人留出了空间。四是他更好地把握了时间顺序。《人虎》中的章节随着时间的转换进行了巧妙的布局，没有突然的闪回，小说第一页和最后一页描述的场景几乎同时发生。《美丽是一种伤痛》中有许多时间转换，但往往显得随心所欲和毫无必要的混乱。五是性。《美丽是一种伤痛》中有大量的性描写，但这些场景被以皮影戏方式出现的过多的超自然主义所淡化。而在《人虎》中，性往往是野蛮的和带有欺诈性的，这些悲怆的场景与小说情节息息相关。埃卡创造出一头超自然的白色雌虎并将它放在男人身边，这是一种创新，使整个故事成为三维的而不是传统意义上的二维，进而可以让读者对小说产生不同的理解。评述埃卡这些成熟的写作风格的目的，主要是想强调他的创作能完美地融合新与旧，在诸多方面都具有原创性。据此，我们也就不难理解他最喜欢的两位作家是果戈理和梅尔维尔了。

目录

第一章

「我身体里有一头老虎。」

人虎

　　马吉欧杀死安沃尔·萨达特那天傍晚，凯雅·加罗
正满心喜悦地侍弄着鱼塘。椰林里弥漫着咸咸的味道，海
水高涨，波浪轻吟，微风轻拂着海藻、刺桐和马缨丹。鱼
塘就在可可种植园中间，那些可可树没人管理，果实像鸟
眼红辣椒一样枯萎干瘪。只有丹贝①厂才会用上可可树叶，
每天晚上过来收集。一条小溪流过种植园，小溪里有很多
黑鱼和鳝鱼，溪水漫涨时会淹没湿地。种植园宣布破产后
不久，人们就赶来插上界桩，清除水葫芦和密密相缠的大
片蕹菜，在湿地上种水稻。凯雅·加罗也随大流，但因为
种水稻事多费时，他只种一季就不再种了。凯雅·加罗又

———————————

① tempeh，印度尼西亚一种传统的大豆发酵食品。

从来没听说过有一种叫"俄里翁"的短季稻，于是改种易活而省事的花生。花生成熟后他在那块地上收获了两大袋带壳的果实，又不禁怀疑怎样才能吃完。所以他干脆把那块湿地挖成一个鱼塘，放养了一些鱼苗，观赏小鱼群浮在满溢的水面嗫食，便成了他最喜欢的午后消遣活动。

凯雅·加罗往鱼儿聚集争食的水面上抛撒着从碾米厂拿来的米糠、木薯叶和木瓜叶时，听到远处传来摩托车的轰鸣声。他知道这声音从何而来，懒得回头去看。他对这声音比对礼拜室一天五次的鼓声更熟悉。那是萨达拉少校那辆锃亮的艳红色本田70型摩托车发出的轰鸣声，萨达拉骑着它去礼拜室，或载着妻子上菜市场，有时午后无所事事，就骑着在村子里穿梭，在没人的角落里打转。

萨达拉少校虽年过八旬，但身板硬朗。多年前他就从军队退役了，但每年独立日他都要站在老兵的行列里。据说市政府在英雄陵园里划给他一块墓地以表彰他的贡献，他自己则说那是要他早点死。他把摩托车掉个头，停在溪堤边。车子熄火后，他抹了抹留着两撇倒垂的黑胡须的嘴，觉得要这样抹一下才能体现自己的个性。凯雅·加罗直到萨达拉站到身边时才抬起头看他。他们聊起前一天晚上那场大暴雨,庆幸草药公司在足球场上放电影时雨还没下,可即便如此,那场暴雨也让每个有鱼塘的人心伤欲碎。

几个月前也下过一阵暴雨,几乎持续了一星期。混浊的小溪水位暴涨 6 英尺[①],湍流把一群群鹅冲到下游,溪边的鱼塘也都被淹没了。本来应该填进村民和他们孩子肚子里的鱼被冲得无影无踪。洪水消退后只留下了蜗牛和香蕉茎叶。凯雅·加罗瞧着萨达拉少校,说他已经准备了一些网来遮拦鱼塘,以后鱼就不会被冲走了。

这时一个老头骑着自行车赶过来,他一边弯腰避开头上的可可树枝,一边叫着凯雅·加罗。那老头正是在礼拜室教孩子们学《古兰经》的马·索马。他双手紧抓车把,在自行车撞上溪堤前及时跳下来,自行车像一匹被缰绳紧紧勒住的马那样翘起了前轮。他气喘吁吁地告诉凯雅·加罗和萨达拉,马吉欧杀死了安沃尔·萨达特,并示意凯雅·加罗应该赶快去主持葬礼的礼拜仪式,因为这些年来

---

① 英美制长度单位,1 英尺等于 12 英寸,合 0.3048 米。

这都是他负责的事。

"真主啊，"萨达拉少校说，他和凯雅·加罗困惑地对视片刻，就像听到了一个他们听不懂的笑话，"今天下午我还看见他带着那把战争时期遗留下来的生了锈的武士刀。该死的孩子，但愿我把刀收走后他就没再拿回去。"

"他没用那把刀，"马·索马说，"那孩子咬穿了安沃尔·萨达特的喉管。"

没人听说过这种事。这个小镇十多年来共发生过十二起杀人案，都是被大砍刀或者剑杀死的，没人用枪或者克里斯匕首杀人，更不用说咬死人了。人们也用牙齿打架，特别是女人，但不会咬死人。凶手和死者的身份使这消息听起来更让人毛骨悚然。他们都很了解马吉欧小伙和安沃尔·萨达特老头。无论马吉欧多么想杀人，无论那个叫安沃尔·萨达特的男人怎样可恨，都没人会想到这两个人竟然落到这种悲惨的下场。

时间就在他们的沉思中一点点地流逝，他们脑海里好像浮现出这样一幅画面：殷红的鲜血从被咬开的脖子上汩汩往外冒，一个少年被自己的鲁莽行为吓坏了，呆呆地站在一边，少年口齿沾满鲜血，就像一头刚在清晨捕食过猎物的豺狗^①。这些想象中的情景令人难以置信，连虔诚的凯雅·加罗都没想到要说一句"愿真主慈悯"，萨达拉则含混不清地嘟哝着，忘记抹抹张得大大的嘴巴。马·索马在那里站得有点不耐烦，将自行车掉个头，示意他们该走了。于是他们随马·索马动身了，但也更害怕了，就像杀人的事还没发生，他们要去阻止似的。

那天下午，萨达拉从礼拜室出来，在回家的途中还穿着纱笼，确实注意到那小伙子正从守夜值班的小茅屋里出来，手里拿着那把武士刀。现在每个人都在谈论那把刀，说那是他早就蓄意杀人的证据。守夜值班的小茅屋就在村子中间，正对着杂草丛生的荒废的砖厂。小伙子拖曳着武士刀慢吞吞地走着，刀尖在地上划出一道道痕迹。过了一会儿，他坐在一条凳子上挥舞着刀，敲打那面用来报警的裂开的木鼓。有几个过路人看到这一幕，但都没有在意。那把武士刀实在太旧了，铁锈斑斑，宰只瘦鸡都不成。

---

① ajak，印度尼西亚语，豺狗的一个亚种，经驯化后可用于捕猎。

战争结束几十年后，当年日本人丢下的许多武士刀现在都成了人们的装饰物或护身符；还有更多的刀没人要，被含有盐分的空气腐蚀掉了。也许马吉欧就是在垃圾堆里找到了那把刀，或者是从砖厂里面翻出来的。萨达拉倒是注意到，不管那把刀如何破旧，刀就是刀，虽然他并没有怀疑过那小子真的想要了结安沃尔·萨达特的性命，邻居们也都没听说他们有什么过节。

他把刀要过来主要是担心马吉欧喝多糯米酒后惹事。那些小伙子总是喜欢喝醉，然后无数的小打小闹就跟着来了。他不能用那把破刀杀人，但喝高了他就可能会用刀打邻居的狗，而邻居为了报复，就会砸块石头过来，事情便没个完了。而且，昨天晚上草药公司放电影时，球场上就聚集了一大群人，那总是一个随时会释放出小伙子们好斗的天性的场合。暴力往往持续到第二天，有时还会持续闹好几天。不管是发生哪一种情况，不管那刀看上去再怎么没用，萨达拉都有充分的理由对有人带着一把没有刀鞘的武士刀在路边闲逛感到不安。

"为什么？"马吉欧问道。他并不愿意交出他的玩具，有些生气地说："你看，它只是块没用的旧铁片。"

萨达拉说："但如果你想杀人，它还是可以派上用场的。"

"我就是想杀人。"

尽管马吉欧明确表示他想杀人，但萨达拉并不在意。他连哄带骗，威胁要把那小伙子带到军营，最后才把刀要过来带回家，扔到房子后面的狗棚上。

他很快就忘掉了那把铁锈斑斑的刀，根本想不到会发生什么灾难。也许他有点倚老卖老吧。现在他对收回那把没用的刀有点内疚。如果那把不起眼的刀还在马吉欧手里，安沃尔·萨达特也许还会活着，即使他被捅被刺，大不了就是落得伤痕累累或者手折脚断而已。少校想象着那小伙子抱住安沃尔·萨达特一口往他脖子上咬下去的情景，不禁打了个冷战。

那天下午他告诉小伙子们，如果他们闲得无聊，就休息一下，或者去追追女孩，在周末找个人一起玩玩儿。第二天他会像往常那样带他们去捕野猪。狩猎季节，小伙子们在星期六会安静地待在家里，要不然他们就不会被邀请去捕野猪，即便去了，身子也可能因精力不够而被野猪的獠牙刺透。他们也会成群结队地到海边追逐野性十足的女人，或手拿一袋袋橘子羞怯地微笑着向体面的女人打招呼。但他们会在晚上十点以前回家，因为想去捕野猪而表现得可爱又听话，酣睡到第二天清晨，直到宣礼的鼓声唤醒他们。该死的孩子！萨达拉少校想到马吉欧时不由得咒骂起来，因为他没有好好休息为第二天去捕野猪做准备，而是冲到像野猪一样活蹦乱跳的安沃尔·萨达特的家里，将他杀死。

早在多年前萨达拉还担任镇里的驻军指挥官时，捕野猪就一直是他们的娱乐活动。每年收获季节结束、土地暂时休耕后，人们不再忙于农作，安沃尔·萨达特总是异常热心于捕野猪。虽然他自己从没有举过尖矛或在山里跑上跑下，但他总会准备好一盒盒肉饭和煎蛋，开着卡车送捕野猪的人到丛林边。他们每年选择三个没有暴风雨的星期日享受捕野猪的乐趣。休猎时他们就训练豺狗，教它们追捕猎物。

直到不久前，在萨达拉率领的捕野猪队伍中，马吉

人虎

欧一直是最棒的。他背上有一道被野猪獠牙刺伤后留下的疤，他的所有朋友都知道许多野猪在掉进陷阱之前是怎样败在他那不断挥动的长矛之下。小伙子们对死的野猪不感兴趣，即便遇到狂暴的公野猪时也会放它一条活路，他们在把它赶进陷阱前只会稍微刺伤它。小伙子们不想刺死野猪，因为他们要在狩猎季节结束后，让野猪在大庭广众之下和豺狗打斗。和这些愚蠢的动物斗智斗勇时，马吉欧以他矫健有力的步伐和无情的长矛赢得了"猎人"的声誉。在野猪身边奔跑，并跑得和它一样快，没几个人有勇气做这事。这种绝技使马吉欧赢得了伙伴们的钦佩。

几星期前萨达拉听说马吉欧不见了，为此他郁郁不乐。马吉欧消失得无影无踪，没人知道他去了哪里。一些朋友去他经常和渔民们一起撒渔网或者捕鱼的海边找他，但连鬼影都看不到。就在他失踪前，一个马戏团曾经在足球场上扎营表演过两星期，有人因此认为马吉欧可能加入了马戏团，在一个个城镇里浪迹。这种传闻使训练好豺狗准备迎接狩猎季节的萨达拉惊恐不安，因为马吉欧作为猎人的地位无人可以替代。上星期的第一场捕猎活动成果令人失望，他们只捕到两头野猪，而这主要归功于豺狗的灵活。也就是在那天，他们听说马吉欧的父亲去世了。

死去的父亲名叫科马尔·本·赛尤布，他儿子赶回来奔丧。没人比萨达拉对马吉欧的归来更为高兴，因为成果微小的捕猎活动伤透了他的心。但出于对服丧期的尊重，他不敢邀请马吉欧回到丛林参加第二个星期天的捕猎活动。马吉欧出现的时候，人们正跳下卡车，抬出一个里面关着两只高声尖叫的野猪的笼子，忙着用皮制绳套拴住几十只豺狗。虽然父亲还没有出殡，但马吉欧仍然快乐地向他们挥手。

丧礼结束后不久，马吉欧去萨达拉家。小伙子在后院里亲切地拍着豺狗的头，蹲在那里一头一头地拥抱它们，挖它们的耳屎，任由狗儿咬他的裤脚和人字拖鞋。他的脸上没有丝毫悲伤的神色，看上去反而快乐异常，似乎意外中了大彩。

萨达拉早就知道这孩子和父亲关系不好，甚至怀疑他希望父亲早点死。马吉欧家刚搬到这个村子时，萨达拉就认识这家人，那时马吉欧还是个流着鼻涕的小孩，用一袋小玻璃球哄骗其他孩子和他玩。萨达拉也知道他父亲，亲眼见过那个粗野的男人只因区区小事就暴打这个孩子。萨达拉想，现在他父亲已经去世了，这个单纯的孩子不会掩饰自己的快乐。看到萨达拉走过来，马吉欧毫不犹豫地问他下星期会不会去捕野猪，即使他得自己带午饭和放弃作为猎人的地位，他仍然想参加。

萨达拉自然愿意恢复马吉欧原来的猎人地位。但是，下星期他不可能再去捕野猪了。噢，可怜的孩子，萨达拉想着。在这之前，他大腿上还包着纱笼，把收走的武士刀扛在肩上走回家，自我感觉就像战争时期的将军一样。他从来没看见马吉欧参加过什么打架斗殴。无论喝多了酒还是没喝，小伙子们都爱惹是生非，心里有点小小的不悦就想动手动脚，比如在看丹达特 ① 表演时不小心与人发生碰撞，看电影时被挡住视线，或者看到他们所喜欢的女孩和别的男人走在一起，等等。生活在一个共和国历史上相对和平的时期，战争都是士兵们的事，这使得小伙子们都肆

---

① dangdut，印度尼西亚的一种流行音乐。

无忌惮。萨达拉任镇里的驻军指挥官时，大部分时间都花费在制止这些打架斗殴上。据他所知，尽管大家都知道马吉欧强壮有力，但这个小伙子从来不参与这类暴力活动。

马吉欧不喜欢待在家里，但也不惹是生非。他不会傻到没事就生事打架浪费时光。白天他打零工，用挣来的钱买香烟和啤酒。他脾气暴躁，但也可亲。大家都知道他恨他父亲，也可以随时干掉他父亲，却从来没试过那样做，他绝对不是那种惹麻烦的人。听说他杀人时，萨达拉根本就不相信。

萨达拉深信那孩子不会害人，所以一下子就忘记了马吉欧说过想杀人的话。傍晚时分，他用从屠宰场拿来的动物内脏把豺狗喂饱后，就骑上那辆本田70型摩托车出门了。几年前他从当地警察局局长那里弄来这辆车，既没车证也没车牌，却也从来没有收过罚单。也许警察局局长是从某个窃贼手里没收了这辆车，但过了几个月都没人去认领，然后这车就变成萨达拉的了。警察局里有不少上级配下来的摩托车，局长一直说要再给他换辆新车。虽然这辆旧车经常出故障，开起来那声音轰得比碾米厂的机器还响，萨达拉却对它情有独钟，不想再换。

他从不戴头盔，穿着人字拖鞋就开着自己的座驾从镇上呼啸而过，穿过海边和田埂，直直冲往种植园。他喜欢傍晚的微风，一边欣赏着风景，一边和路上遇到的熟人打招呼。有时他会在修车店停一下，找个人修修车子，有时停在某个小摊边要杯咖啡喝，吸一根香烟，喷出来的烟比那摩托车排气管排出来的废气还多，然后重新上路。看见凯雅·加罗在鱼塘边时他只想稍微停一会儿，但马·索马带来的消息一下子缩短了他的傍晚周游时间。

萨达拉少校冲向倚在椰子树边的摩托车，一脚蹬上去，却像往常那样，一时发动不起来。踩了几次，突突突地点火后又熄了。最后一次发动机终于启动了，像敲铁鼓一样咔嚓咔嚓响。他担心摩托车再出故障，示意凯雅·加罗快点跨上车后座。凯雅·加罗把最后一点剩下的米糠投入鱼塘，在水管前洗净手脚，然后稳稳当当地一下子就跨上了摩托车后座。崎岖不平的小路被昨夜的雨淋得滑溜，摩托车在上面开起来慢得就像得了热病的笨驴。发动机承受不了两个人的重量，他们只好时不时下车推着摩托车走。开到足球场旁边那条平直的路上后车速加快了，他们一下就把骑着破旧自行车的马·索马甩在后面。

"这孩子唯一做过的坏事就是偷鸡，"凯雅·加罗说，"而且偷的还是他父亲养的鸡。"

那是公开的秘密。村里的人都知道马吉欧经常偷他父亲养的鸡。但他这样做并不是因为想吃鸡，而是出于对父亲的蔑视。萨达拉说："我真不知道那孩子心里在想些什么，竟然会去咬人的脖子。"

安沃尔·萨达特一动不动地躺在房间地板上，身上盖着一块褐色的印花布。那间平时通透明亮的房间因为充满女人的哀痛忧伤和回响着不绝的哭号声而变得黑暗阴郁。鲜血染透了印花布，布下面的尸体轮廓凹凸起伏。血液渗在地面上，黑而凝固。没人敢拉开分隔生死两界的印花布，因为他们知道那道裂开的伤口比鬼魂还可怕。哪怕只是想想，都感觉恶心欲吐，大伙儿都尽量离尸体远远的。

两个警察驱车赶到，警报器关闭后红色的警灯还在哗哗转动。他们匆匆把盖尸布掀开，但又被吓得立马盖了回去，然后站在门口发呆。尽管他们已经没有理由再待下去，却觉得自己已经成为这个事件的组成部分。虽然把安沃尔·萨达特的尸体运到停尸房合情合理，但他妻子却不让他们这样做。死者死亡的原因和凶手的身份都非常清楚，不必再对安沃尔·萨达特验尸。剩下要做的事就是清洗尸体、用棉布遮盖伤口、做礼拜和马上举行葬礼。

安沃尔·萨达特要到第二天才会被安葬。他的小女儿玛哈拉妮在大学里读书，拂晓前赶不回来。那女孩昨天晚上还在家，她放假后整整一星期都待在家里，直到父亲遇害这天的早上才匆匆离开，这让整个事件更具戏剧性。人们想象着悲剧的味道一路飘到玛哈拉妮的宿舍：她精疲力竭，行李都还没打开收拾好，又得把所有东西重新打包，或者放在一旁无心去管。她泪流满面，心里充满无限的疑问，因为离家时父亲还身强力壮，如今却死了。没人告诉她父亲是被咬死的，带去的短短口信只是说他死了。现在这女孩可能正急着去赶火车或者公共汽车回家。

服丧期间一群女人涌进安沃尔·萨达特家的院子和阳台，窃窃私语，编造各种事故原因。宽敞的院子里有五棵油棕树和一棵阳桃树，孩子们喜欢坐在系在阳桃树树干上的轮胎里荡秋千。路边一棵巨大的凤凰树的花瓣落在日本咸草织成的地垫上，小孩子们可以在上面打斗翻滚，有时一群火鸡也在上面随意踩踏。院子的两个角落各有水池，里面莲荷生长，喷泉涌动，鼓着肚子的金鱼来回游荡。水池的角落和中间摆放着一些手洗衣服的半裸女人和游泳的孩子的石头雕塑，都出自安沃尔·萨达特那双非常灵巧的手。

邻居们也都知道他的另一件艺术作品是一面有裂痕的木鼓，形状有如阴茎，挂在房前作为来访的客人用的门铃。多年前他刚来这里时是个艺术学院的毕业生，在海边靠卖画为生，之后才结婚并在村里定居下来。他总说自己是拉登·萨拉赫[①]的崇拜者，家里展示着他复制的这位伟大艺术家的作品，包括那幅著名的画作《老虎和野牛》。他无耻地模仿这位艺术家的手法，并不在乎只有他家附近的人才知道他有艺术才能。

他娶了个实习助产士。当时她找上门请他画张肖像

---

① Raden Saleh（1811—1880），印度尼西亚现代画的先驱画家。

画，安沃尔·萨达特把她画得比真人更漂亮，她就因此而爱上了他。他不想让女孩伤心，马上和她结婚，然后竟发现自己变得非常富有，因为这女孩居然继承了镇里的一半土地。有了在医院当助产士的妻子所继承的财产，他从此不再急于追求各种艺术声誉了。当然，他仍继续画画和做雕塑，主要画他所认识的人的肖像画，以及不折不扣的拉登·萨拉赫的杰作的仿制品。家里除了一幅萨达拉少校的肖像画外，展示的多是漂亮女人的油画。

他放弃职业画家的工作后就不再做什么事了，大部分时间都在和萨达拉下棋，赞助村里的足球俱乐部，追逐姑娘。特别是最后一项嗜好，即追逐和勾引姑娘，有时也勾引寡妇或者投怀送抱的有夫之妇，他做这事比追求艺术的热情更高。这也是个公开的秘密，因为他所有的邻居都无法长久地保守某个秘密。可即使这样，安沃尔·萨达特在大家心目中的不道德形象也无法消除人们对他的尊敬。每次集会时人们总是要他做长篇演说，而他也从来无愧于大家的信任。他风度翩翩，大家也就谅解他了，况且他的朋友中也没人有脸自夸行为比他规矩。

那天上午没人预见到死神就要降临在安沃尔·萨达特头上。他是个从来不知道忧愁的家伙，觉得死神根本就不会来找他。他像往常一样去煎饼摊吃早餐，在那里和身穿校服、满脸焦虑地等待学校铃声的少男少女挤在一起。煎饼摊上的每个人都能听到从他满塞着炒丹贝和煎饼的嘴里说出来的笑话。安沃尔·萨达特会一直坐在烧着文火的炉子前面的小凳上，看着摊主把面糊倒进火炉上的煎锅中，在热油里一遍遍地翻着油炸果馅饼。他不时掐掐穿校服的女生们的下巴，直到她们对他的下流行径提出抗议，把脸扭到一边防止他突然想要亲她们几口时才住手。

人们清楚地记得，他身穿朴素的白短裤和带着 ABC 珠宝店标签的内衣，因为年岁大了和缺少运动而开始发福，行动迟缓。但他还会吹牛，说他下面那玩意儿还能硬得像根牛角，也从来不想掩饰他那抑制不住的色欲。那天早上他一直在唠叨，为小女儿感到忧虑，因为她在假期结束之前就突然毫无理由地离家，自己提个包去了汽车站，拒绝别人送她。

前一天晚上在足球场上看完电影后，那女孩不再和任何人说话。她不吃晚饭也不像以前那样看电视，整个晚上她只听了一会儿她平常喜欢的收音机节目。她甚至没离开房间上浴室。安沃尔·萨达特不知所措，因为一直都很虔诚的小女儿傍晚也没做礼拜。那天早上她走出房门，沉默不语，眼里饱含泪水。安沃尔·萨达特不知道究竟发生了什么事，但又担心如果他问她怎么回事，只会被她打断。他真不知道他做错了什么事。女儿只是拿着毛巾从他身边走向浴室，进去不一会儿就出来了，回到自己的房间，简单地化了一下妆，她一直相信自己很漂亮。然后她提着一个包出来了，没吃早饭，突然说了声"我要走了"。

事后回忆，她忧郁的眼神和闷闷不乐的表情似乎暗示她父亲那天下午就会丧命。然而她匆匆离开安沃尔·萨达特，坚持自己去汽车站，又好像坚信他们将来还会有许多在一起的时光。他在煎饼摊上唠唠叨叨地埋怨玛哈拉妮。其实也并没有什么值得抱怨的，他只不过借此来吹嘘女儿而已。

安沃尔·萨达特有三个女儿，都是在他结婚后头几年里出生的。当时他和妻子欲火正炽，成天躺在床上缠绵做爱。几年后爱情之花开始凋谢,人们也逐渐忘记他妻子的名字叫卡莎,只是简单地称呼她"助产婆太太"。庆幸的是安沃尔·萨达特没有婚外出生的孩子。私生子总是父亲家族里的眼中钉,母亲的家族反倒更宽容一些。他的风流习性和他那张英俊的脸都遗传给了几个孩子。

多年来安沃尔·萨达特靠外表吸引了许多女孩,甚至在年老体形臃肿并且开始谢顶之后,仍然会引起有色胆的女人的注意。他的帅气和他妻子的长相形成强烈对比。卡莎的鼻梁就像鹦鹉的喙,下巴宽厚,生性冷漠,看上去更像巫婆而不是白雪公主。她也并不是长得特别丑,但对多数男人而言,绝对没有吸引力。大家都深信落魄的艺术家只是为了金钱才娶了她,他可以用她的钱和其他女人睡觉,而他妻子也认识他睡过的许多女人,但只要他不把她们的肚子搞大,她并不在乎。

大女儿莱拉继承了父亲的迷人风度和淫荡习性。她脸蛋漂亮,发育成熟,婀娜多姿,可是没什么头脑。十六岁时她还是个学生,凹凸有致的身材让男学生和男教师们垂涎三尺。有一天他父亲终于发现她的肚子鼓起来了。安沃尔·萨达特急忙找了个萨满巫师把胎儿打下来。她母亲对此无能为力，学校也不愿意接收怀孕的学生。她一毕业，安沃尔·萨达特就急忙把她和据说应该对她怀孕负责的同班同学拉过来，找到彭乌鲁①为他们主持婚礼。两天后，新婚的丈夫却发现她和另一个男人在床上缠绵。

这件事成了镇里最耸人听闻的丑闻。任何稍微暗示这件事的话都会使安沃尔·萨达特无地自容，卡莎去一个亲戚家里避了几天风头。莱拉的丈夫和奸夫则在这件事之后都抛弃了她。大家提到她时都说她是"寡妇"，看到她时都会窃窃私语，说"她太轻浮了"。

二女儿梅莎·迪薇最漂亮，性格也完全不同。她不似姐姐那般婀娜多姿，却具有一种神秘的温柔风度，并且循规蹈矩。这种外表特征和她父亲全然不同。她很多年来一直如此，老师在学年鉴定中总夸她聪颖，这是她的姐姐和妹妹都无法企及的成就。直到毕业时，梅莎·迪薇的表现一直非常完美。安沃尔·萨达特残存的一点道德感使他

---

① penghulu，印度尼西亚对传统领袖的称呼，相当于"村长"。

还有那么一些洞察力，令他很喜爱并且欣赏这个和姐姐全然不同、没有继承他那淫荡本性的姑娘。他深信二女儿是个处女，同意让她去上大学。尽管卡莎再也不相信她的三个女儿中有谁脑袋清楚，他依然设法劝妻子卖了一块地筹钱供她上学。然而，一年后那心肝宝贝突然回家了，没有带回毕业证书，却怀抱了个新生的婴儿，身后跟着过后才和她结婚的无业的男朋友。她似乎对婚姻忠诚，所以没人私下说她轻浮。但是大女儿和二女儿的风流逸事使那些自以为道德高尚的人认定，安沃尔·萨达特的三个女儿都品行恶劣且无药可救。他们打赌某一天老三玛哈拉妮也会带个孩子回家，无论这事看起来是多么不可能发生。

玛哈拉妮突然返回学校那天，他在煎饼摊上喋喋不休地讲她的事，谈论着她带回家的各种小物件。玛哈拉妮带给父亲一把削笔刀，给母亲买了一把可以梳她那头卷发的大梳子，给了小外甥一个音乐盒。安沃尔·萨达特不断重复着有些人在假期中已经亲耳听过的从玛哈拉妮嘴里说出来的笑话。妻子卡莎一直想制止这些夸大其实的东拉西扯，两个女儿则毫不掩饰她们心中燃烧的对玛哈拉妮的妒意，但最后却是马吉欧了结了这一切。

现在安沃尔·萨达特已经死了，等待有人来为他挖个坟墓，擦洗他的棺材架，特别是等待他的小女儿回来亲眼看看他那个可怕的伤口，然后哭得比母亲和两个姐姐更悲恸哀伤。看到她们的人觉得卡莎比往常更邋遢。她双膝下跪，嘴里啃着盘在膝上的一块布的布角。她为什么要买那块布，这也是一个谜。卡莎身边是正在徒劳地安慰着母亲的守活寡的莱拉，虽然她自己刚才也晕倒下去，直到有人往她脸上喷水后才清醒过来。颤抖得最厉害的是梅莎·迪薇，她第一个看到了安沃尔·萨达特那简直要被啃断的脖子，她像是肚里被灌满开水似的哭得伤心欲绝，抱在怀里的婴儿也跟着一起悲啼。

其他来哭丧的女人们则哭得比较少，声音比较轻，就像和谐地表达着不同层次的悲伤的合唱。女人们的眼袋乌青水肿，可以看得出她们因为失去这个风流伪善的男人而难过。在礼拜室旁走动的马·索马最先看到了他的尸体，把他从凶案现场拉走，然后用一块印花布遮盖起来，而这些女人没人想过要仔细照料那个死人。与此同时，马·索马推出自行车去找凯雅·加罗。他是在艺术家的画室里找到的那块印花布，布的图案是死者亲手设计的，安沃尔·萨达特一直想用这块布来当他的裹尸布。凯雅·加罗和萨达拉很快就赶到了，人们用恳求怜悯或期待帮助的眼光盯着他们。凯雅·加罗是安沃尔·萨达特妻子家的亲戚，立即责无旁贷地开始发号施令。

他和萨达拉没有动一下裹尸布就把尸体从屋里搬到了前院，后面留下一道暗红的血迹。萨达拉少校心里想着，安沃尔·萨达特体重八十公斤，如果是头野猪，那些豺狗肯定会把他撕烂。他们把尸体抬上一条长凳，马·索马已经在上面铺了一堆毛巾、硫黄皂、一碗水、花瓣，当然还有硼砂。凯雅·加罗终于在那里慢慢地把裹尸布拉了下来，惊骇得几乎站不住脚。有几个男人在那里作为证人，隐藏的秘密现在公开了。凯雅·加罗一遍遍地恳求安拉宽恕，其他男人盯着那道撕开的苍白伤口，跟着他喃喃而念。他们看到血液还在汩汩冒出来。这个场面比任何噩梦都令人作呕，所以几个男人都把身子转了过去。

萨达拉在孩童般的好奇心的驱使下检查了尸体，想看看马吉欧究竟干了些什么。一条大动脉被咬断，有如一条被摔破的收音机的电线挂在那里。看到那脖子几乎被啃成两半，就像屠夫没把宰杀的动物的头完全砍下来，他心里想：这比我想象的更残忍。

"他妹妹刚出生一星期就死了，几天前他父亲又跟着去世，"凯雅·加罗说，"我想那孩子是疯了。"

"把人咬成这样，确实是疯了。"萨达拉说。

空气冷下来了。萨达拉少校可以听到豺狗在远处嚎叫，像要被关进狗笼，或者更有可能是它们嗜血的鼻子闻到了晚风吹过去的血腥味。在夜幕笼罩之前，凯雅·加罗叫几个人打来几桶水，水打上来时抽水管呼噜呼噜响着。马·索马消失一阵后又出现了，带来一包棉球。凯雅·加罗亲手洗涤伤口，他神色庄重，不断默诵着经文，相信这样可以止住鲜血外流，似乎那道可怕的伤口只是小孩子不小心划破的。萨达拉经历过游击战争的残酷考验，看见过人体在迫击炮的炮火中化为灰烬，但此刻他仍真心钦佩凯雅·加罗的冷静。他几乎想说不要再管那道伤口了，让它就那样留着，他想提醒凯雅·加罗，尸体最终都要在坟墓里烂掉。

凯雅·加罗还在不断忙碌着，他接过棉球压在伤口上，压上去的棉球在伤口被纱布包扎起来之前就被血染红了。现在脖子上的裂口看上去就像一个活人身上的小伤，缠裹的细纱布像条围巾。他做这些时，其他男人则帮忙脱下死者的衣服，清洗身体，把它擦拭干净，让它有一种鲜花的味道。尸体散发出一股硼砂的味道，渗入男人们的头发，经久不散。

马·索马从礼拜室里拿来一块裹尸布，尸体就在他们忙活的地方被裹起来了。

"让他整夜光溜溜地躺着真不合适，"凯雅·加罗说着，"如果玛哈拉妮姑娘想看看她父亲的头颅，我们可以打开裹尸布。但如果她知道他是这个样子，估计也不会想看了。她母亲和姐姐几天都会吃不下饭，一辈子都会做噩梦。"

夜幕降临，寒冷和寂静随之而来。三个人匆匆把尸体抬进礼拜室，人们准备在做完平时的昏礼后举行葬礼仪式。

人虎

　　尽管安沃尔·萨达特沉迷女色，平时也都很忙碌，却不会缺席每天五次的礼拜。他总是敲着鼓，呼唤人们前来做礼拜，但没人会信任他，推举他当阿訇。他的虔诚部分是因为妻子的亲戚们都是礼拜室里的活跃分子，其中有一些人还去麦加朝觐过；部分是出于他所谓的责任感，因为礼拜室就在他的地盘上，是他老丈人在安沃尔·萨达特来村里卖画的前几年就盖起来的。无论出于什么原因，都没人相信他是虔诚的信徒。

　　每个人都趋于相信，杀人案精确地发生在四点十分，因为在那十分钟前马吉欧还和一些朋友在一起，十分钟后他又回到了朋友们中间，神色骇然。他们当时正在足球场上看赛鸽，大声呼喊，吹着口哨，足球场上充满了喧闹声。孩子们赛着鸽子，但如果它们飞出村界，就再也不会飞回来。因此足球场的另一边必得有个孩子手抓一只雌鸽挥舞着，雄鸽被放飞后会追逐那只雌鸽。最棒的鸽子会跟在载客的摩托车后面轻快地掠过云层从邻村飞回来，看到雌鸽时一下子扑过去。杀人案发生的前十分钟马吉欧就在那里，躺在草地上凝视天空。

莱拉也在那里，当时她正在和他说话。她怀疑玛哈拉妮的突然离家和马吉欧有关，因为那一星期莱拉看见他俩天天在一起。前一天晚上正是马吉欧陪着玛哈拉妮去看草药公司放映的电影。马吉欧则矢口否认玛哈拉妮的离家和他有任何关系，因为她不是个小姑娘，可以自行决定什么时候走什么时候留。他说着这些话时莱拉注意到他那沮丧而悲哀的表情。莱拉不再说什么了，和其他人一样，她根本没想到马吉欧会杀死她父亲。

马吉欧突然对阿广·育达说："我有个可耻的想法。"阿广·育达是村里的流氓，也是马吉欧的好友。

尽管他没有说出他的可耻想法，却拉着阿广·育达到阿古斯·索扬在足球场旁边一个角落里开的饮食摊上。他说有点钱，想喝杯啤酒。这个饮食摊曾经是种植园工人和村民们的午餐食堂，也向那些懒得做饭的主妇们出售各种汤和小菜。但由于它地处偏僻，慢慢成了流氓恶棍的出没之地。饮食摊掩藏在可可种植园边上，阿古斯·索扬开始出售啤酒和米酒，有时也偷偷卖些草药和有助于睡眠的白色的药物，使那个地方变成一个酗酒和闹事之地。

寡妇莱拉经常来这里，成为那些野孩子的骚扰对象，谁都想和她来一手。一般她只是咯咯笑着，但偶尔也会开开恩，不要钱就和某个人上床。有些女人会让人带进种植园干那事儿，但莱拉不是那种人。正是在那个饮食摊上，莱拉还在看赛鸽时，马吉欧向阿古斯·索扬买了一瓶冰镇啤酒。阿古斯·索扬只能把啤酒瓶插在冰块之间，而不是把小冰块放进啤酒里直接冰镇，因为马吉欧总是说这样喝起来口感不一样，根本不愿意迫使自己喝一口没有这样冰镇过的啤酒。马吉欧要来两个酒杯，和阿广·育达分享着那瓶啤酒。他们坐在小摊后面的小凳子上，在啤酒还冒着泡沫嘶嘶响时又开始聊天。

"现在开始说吧。我担心我真的想杀人。"

马吉欧失踪前的那一阵，阿广·育达就听他说过他想杀死自己的父亲。他坦言有某种东西潜伏在他体内，他可以毫不犹豫地杀人。阿广·育达从没问过他这种东西究竟是什么，因为他认为，即使没有什么东西潜伏在马吉欧体内，一个猎人要杀死一个人并不难。当然，没有和他一起坐在那里的人都不会相信马吉欧会说出这种话。他是同伴中最可亲也最讲礼貌的人。每个人都知道他父亲暴虐成性，特别是经常对他母亲施暴。他们也都知道马吉欧深爱他母亲。但这小伙子也对他父亲的暴行让步，就像朋友们吵架时他都要劝架那样，他只是稍稍阻止那老头对他母亲发起的攻击。

即使他真心想杀死他父亲，也没那机会了。科马尔·本·赛尤布已经深埋地下六尺，不可能复活，没有机会再和马吉欧作对，而且目前也不存在某个他可能想杀的人，因为朋友们打架斗殴时他谁也不帮。

他们没再说话，因为阿广·育达没有回应马吉欧的肺腑之言。他们只是坐在那里小口小口地呷着啤酒，看着遍布一片片稻田、一个个鱼塘和一块块花生地的种植园。他们目光所及的地方暮色即将来临，密密麻麻的蚊群在上空盘旋，如烟如雾。但湿地那边天色尚明，在鱼塘边劳作的人影依稀可见。马吉欧也看到凯雅·加罗手抓木薯叶和木瓜叶，还有一个装满米糠的旧水泥袋。他父亲也曾经在那里种过一小块稻田，但因为没本事务农，那稻田也就荒废掉了。留在那里的只是需要人照料的木薯，成群的绵羊踩踏上去，木薯叶纷纷落地。马吉欧从没想过要去接管那块地。

　　殖民时期留下的那座大房子附近的足球场早已是马吉欧习惯出没的地方，每当他和朋友们逃课时就来这里。他们躲在可可树后面抽烟，有时把烟叶和曼陀罗花掺在一起，那样抽起来更带劲。他们看油印的艾尼·阿罗和尼克·卡特的色情小说，看诸如《从鬼魂游荡的洞穴里爬出来的盲人》或者描写一个背着情人的棺材四处游荡的英雄的《头壳潘杰》[1] 这类连环漫画书。这些情节迷人但毫无文学价值的小说和连环漫画在学校里都是禁书，没人敢在教室里谈论，他们只能在可可种植园里看。

　　有时这里也是马吉欧和朋友们打架、胡闹的地方，当地流氓偶尔也在这里互相残杀。但这些小伙子共同的敌人是种植园的工头，他总是指责小伙子们偷可可和椰子，虽然他们也确实没被冤枉。工头会骑着自行车把孩子们赶出种植园。如果谁被抓住，就会被拧着耳朵移交给严厉的

---

① The Blind Man from the Haunted Cave 和 Panji the Skull 为漫画书英文名称。

体育老师。有时种植园的性质在夜间也会改变，家里没厕所的人会跑去那里方便。马吉欧一直盯着那地方，似乎在看着他最糟糕的过去。

阿广·育达也是那些看到这小伙子欢天喜地回家为他父亲送葬的人之一。他认为科马尔·本·赛尤布死后家里的一切问题都会迎刃而解，现在他知道那只是空想。阿广·育达认为马吉欧只是心情沮丧而已，他说"有个可耻的想法"和"想要杀人"只是在胡说八道。马吉欧只是说，他所做的一切都是因为不知道该如何是好。

阿古斯·索扬的双声道收音机里放着一首丹达特。收音机悬挂在饮食摊门口，他一直把音量放到最大，每天从早上开到下午，下午开到晚上。这是一台用电池的旧款三洋牌收音机，电线和电源随意地接连起来。有个顾客曾经把收音机匣子的面板拿去当风扇，却忘记送回来，所以里面的元件也胡乱缠结在一起。但这台半死不活的收音机却足以发出在半个足球场范围内都可以听到的噪声，而且在某些日子里，人们还会聚集在收音机旁边听足球联盟比赛的实况广播。其他时间，它被调到一个主要播放丹达特和其他流行音乐的频道上。这些音乐和想要促使鸽子飞得快一点的赌赛鸽的人的大喊大叫混在一起，嘈杂不堪。

阿广·育达从口袋里掏出一包万宝路，里面还有半盒烟。他抽出一根烟递给马吉欧。马吉欧没有点烟，而是把烟放在手指间旋转。他擅长此技，每当上学感到百无聊赖的时候就拿圆珠笔玩这一手，十分老到。有些朋友也学他这样玩点燃的香烟。马吉欧喝完杯里的啤酒，起身准备走了。

"我忘记我得去会会安沃尔·萨达特。"他说着，没说为什么要去找他。

临走前他点燃了香烟。阿广·育达仍然想不到马吉欧正要去杀安沃尔·萨达特。他看着马吉欧走开，那犹豫不决的脚步让阿广·育达感觉他并不确定是想走还是想继续和自己一起坐在那条凳子上聊天。马吉欧回头再看了一眼好友，一下子就走了，嘴里叼着香烟。点着的烟噼啪响着，一缕烟雾从他头上升起。

二十分钟后阿广·育达就后悔让马吉欧走掉了。他躺在凳子上，心想马吉欧和安沃尔·萨达特并没有什么过节，所以没有跟他一起去。他还有半杯啤酒。他们习惯一小口一小口慢慢品呷，慢慢聊天，一杯啤酒可以喝上几小时。但马吉欧走后，阿广·育达不得不把杯里的啤酒一口喝光。几滴啤酒顺着他的下巴流下来，他用衬衣袖口一把抹干，把烟头扔在地上，用拖鞋一脚踩扁。饮食摊里面一个忸怩作态的女人对着他媚笑，阿广·育达伸手过去搂住她肩膀，女人大笑起来，直到他的手伸进她的胸罩掐她的奶子，她才止住了笑声。

女人扭动身子咒骂着，一手把他推开。阿广·育达大笑着走开。他对着电线杆撒了一泡尿，然后走向足球场，这时他并不知道，马吉欧杀死安沃尔·萨达特的时刻越来越逼近了。

就在此时，安沃尔·萨达特正从厨房里拿来一盘剩饭喂他的几只火鸡，他想把它们养肥，在开斋节时宰了吃。马·索马正在旁边打扫礼拜室的院子——其实这也就是安沃尔·萨达特家的院子——清除枯黄的阳桃树叶和那些被暴雨打下来的已经腐烂且长满蛆的阳桃。他们都没说话，但互相微微点头示意。然后马·索马去清除礼拜室几个水池里的青苔和蕨菜，安沃尔·萨达特则走进厨房，把脏盘子放了回去。

家里只有他和女儿梅莎·迪薇，女儿蜷曲在床上陪着小儿子睡午觉。这女人带着新生婴儿和当时的未婚夫回家后，基本上什么事都不干。多数时间她都和孩子躺在床上，然后把从橱柜里拿来的剩饭吃掉。卡莎把女婿赶出去找工作，他就到邻村一家快要倒闭的电影院里当了个经理，每个月回来一次，带上只够梅莎·迪薇用一星期的钱。卡莎对他们漠不关心，而安沃尔·萨达特也帮不上忙，因为家里的经济大权主要掌握在卡莎手里，他只好任由二女儿和她的孩子像大女儿莱拉一样当寄生虫。

他没有看见那个脸色苍白的小伙子神经兮兮地在自己院子里晃荡。可是倚在阳桃树上直盯着房子里面的马吉欧看到了安沃尔·萨达特。根本没人会想到马吉欧真的想杀死屋里的男人。足球场上有几个人看见了他，马·索马正要把一大篮青苔和蕨菜倒进垃圾桶，也看见他了，可他两手空空什么都没带。没人怀疑马吉欧要杀人，如果他想杀人，就会带把小刀、剁肉刀或一条绳子。谁能想到他竟然会咬死一个人？马·索马从他身边走过时他们仍然没说话。马吉欧懒洋洋地踢着轮胎做的秋千，某个瞬间，他似乎就要走出院子了。但最终他仍待在那里，好似一个窃贼在寻找可以进屋的地方，同时又觉得有人在盯着他。足球场上的人肯定也都看到他了，但他们太了解马吉欧了，根本没有怀疑什么。完全就没人在意，马·索马又往水井里打水，要倒进礼拜室的那几个水池中，但水似乎一时打不上来。前门开着，似乎安沃尔·萨达特正想呼吸点新鲜空气，而马吉欧就要开始行动了。

四点十分，安沃尔·萨达特去足球场找人聊天。他既不喜欢看斗鸡，也不怎么喜欢赛鸽，虽然偶尔也会去看一场，下个赌注，但也仅仅是出于社交需要而已。他仍然穿着早上他穿去煎饼摊上的那条短裤和那件有 ABC 珠宝店标签的内衣，死的时候他也将穿着这身衣服。他看到马吉欧向他走过来时一下子呆住了，站在门口一动也不动，似乎他一直在等待这个小伙子，感觉将会发生什么似的。他想到了玛哈拉妮。和莱拉一样，安沃尔·萨达特也知道前一天晚上他女儿一直和这个小伙子待在一起看草药公司放映的电影。安沃尔·萨达特一直想知道女儿为什么突然离家。他一直等到马吉欧走进房门站在他面前，却始终闭口不提玛哈拉妮。马吉欧依然脸色苍白，双唇颤抖，好像反倒是安沃尔·萨达特要找他挑事似的。

正如马吉欧事后供述的那样，他的确咬断了这个男人脖子上的一条动脉，把他咬死了。他说他手上没有其他用得上的武器。他曾经考虑过要打他，因为他确信安沃尔·萨达特已经老了，无力还手。但是马吉欧怀疑用拳头是否可以了结这个男人的性命。他也不相信自己可以扼杀他。用凳子只能打断他几根骨头，发出的声音还会把梅莎·迪薇吵醒。他没有看见她，但知道她待在房间里，因为她每天都这样。

他脑子里好像突然闪过一道光，想法跟着冒了出来。他曾经说过体内潜伏着某种除了肝胆内脏之外的东西。它从体内冒出来控制他，给他杀人的勇气。他告诉警察说，那个东西非常强大，他根本不需要使用任何武器就能杀人。他紧紧抱住安沃尔·萨达特，安沃尔·萨达特吓坏了，拼命地挣扎。但马吉欧抱着他的双臂死死不放，猛拽他的头发把他的脑袋往回拉，使他无法动弹。他把利齿深深咬进安沃尔·萨达特脖子左边，好似一个男人粗暴地亲吻情人耳朵下面的皮肤，发出充满激情的野兽般的低吼。惊恐万状的受害者一下子不知道究竟发生了什么事，但穿心之痛和胸口的压力迫使安沃尔·萨达特挣扎扭动，踢翻了一张椅子。椅子和地板碰撞的声音加上安沃尔·萨达特短促的呼叫声吵醒了梅莎·迪薇，她起身问道："爸爸，怎么回事？"

安沃尔·萨达特只能用垂死的哀号做出反应。马吉欧报之以致命的一击，他猛咬下去并撕裂一大块皮肉，细细的血管和筋腱在撕裂的肌肉上晃动，鲜血喷涌。马吉欧嘴里的那片肉淡而无味，他猛地一口把它吐到地上，吐出来的肉就在地上蠕动。安沃尔·萨达特开始逃命，喉咙发出非人的声音，马吉欧被迸溅出来的鲜血涂得满脸殷红。

"爸爸，怎么回事？"梅莎·迪薇又问。

安沃尔·萨达特双手乱扑，完全不省人事。马吉欧依然紧紧抱住他，不让他倒下去。一听到梅莎·迪薇充满焦虑的尖叫声、毛毯滑动的窸窣声和床铺的咯吱声，马吉欧立即又朝那个黑红色的湿透了的洞里深深地咬进去，这是在强烈的欲望驱使下比第一个吻更为致命的第二个吻。他下颌用力，又撕下一块肉一口吐出来。他不断地咬着、咬着，似乎被一种无以名状的饥饿感所驱使，把那道口子咬得更深、更血肉淋淋，泡沫和鲜血喷涌而出，地板上猩红一片。

他差一点就把头咬下来了。马吉欧在安沃尔·萨达特的脖子上乱啃，露出来的气管在被流水般的鲜血染红之前看上去就像一根光滑的象牙。卧室的门半开着，梅莎·迪薇身穿绣着牡丹花边的白缎睡衣，腮边一侧还粘着几条从她的枕头褶子上掉下来的线。她那惺忪的睡眼一下子睁大，细长的手嗖地抬起来，手指捂住张开的嘴巴，一声都叫不出来。

此情此景深深烙入梅莎·迪薇的脑海里，恐怕几十年后都无法消除，这比她看过的任何恐怖电影都更为野蛮残忍。马吉欧默默地站在那里，脸上的血块凝结，让人没法认出是他，他的双手和衬衣也同样令人作呕。他和梅莎·迪薇在最奇怪的良心的交界处，在彼此都知道所发生的事是何等恐怖的状态下互相交换了一下眼神。

梅莎·迪薇仿佛感觉有一种像大蒜那样奇怪的辛辣味道浓浓地散发出来，像一团灰色的云朵飘在空气中，在她披肩的长发间盘旋，在她的双肩上颤动。这种味道十分强烈，令她感觉头轻飘飘的。其他互相混淆的感觉也攫住了她：一种腐臭的酸味，昆虫喧闹的嘶鸣，五脏六腑皆乱。梅莎·迪薇看见一团明亮而难以辨认的模糊的东西，迸发出一道令她不得不把眼睛眯起来的眩光，逼着她不得不往后退，直到脑袋磕到门上。她倚着门停了一会儿，然后倾倒在地。她颓然倒下，身姿全然不是安宁酣睡时的那般模样，却好似一个公主突然化身为石。她甚至忘记了怎样尖叫，不知身在何处。噪声吵醒了孩子，他张大嘴巴哭泣着，尿了一床，大声喊叫着妈妈。梅莎·迪薇仍然昏厥着倒在地上，身上什么都没盖。

马吉欧放松双臂，从安沃尔·萨达特身边走开，发现那个人的一撮头发从他手指间垂下来。安沃尔·萨达特的躯体往下溜，在撞到地板之前没有节奏地抽搐着。马吉欧看着他，认真地看着他，直到确认那个人已经没气了。如果他咬断安沃尔·萨达特的喉管没有要了他的命，头撞地板也会把他送上西天。他躺在那里，肚脐从那件有 ABC 珠宝店标签的内衣下面露出来，像个遭到凶恶的豺狗攻击的可怜无助的老头。这便是马·索马和其他人将要看到的他死时的模样。

马吉欧为他的杰作而神魂颠倒，这比挂在电视机上面的一幅拉登·萨拉赫的廉价复制画更为刺激心灵。他头晕目眩，眼前的世界一片黑暗。他四处摸索，不知道要从哪里走出去。他像安沃尔·萨达特那样抽搐了一会儿，胡乱扭着身子但并没有倒下去。他摸索着走到沙发后面，留下一连串血红手印。马吉欧硬撑着走出来，一点点地往前挪，然后倒在房子旁边的走廊上。

他嘴里的味道令他记起了刚才的杀戮，原始的直觉提醒他得离开。马吉欧摇摇晃晃地站了起来，跌跌撞撞走向阳桃树，在那里吐出了从安沃尔·萨达特脖子上咬下来的最后一块肉。他看到那块肉落在地上，像一小块豆腐。看到那块肉后，他肚子里所有的东西都在翻腾，一股苦涩酸辣的味道从喉咙里冒出来。这小伙子靠在树上，把早上吃的面条全部吐了出来。他的肚子闹腾了好一阵子后才感觉好些。但他仍感觉有一种窒息感，胃里却又没有什么东西可以往上冒了。从赛鸽场上传来的赌徒们的喧哗声和系在鸽子尾巴后面的哨子发出的声音引导着他从阳桃树下走开。

就在这时，马·索马从礼拜室里走了出来，看见马吉欧东倒西歪地走着，浑身上下都是血。马·索马警觉起来，马上就要追过去，突然看见从院子滴到屋子里的一串血迹，霍地一下子呆呆站住。他看到台阶上形成的血洼，然后跟着血迹走过去，最后见到了地上那具等着人来收的尸体。他的脑袋一片空白，直到内心一个声音悄悄地告诉他发生了什么事。他把梅莎·迪薇扶到沙发上，抓了一块印花布盖住安沃尔·萨达特的尸体。

有人在足球场上看到马吉欧，对着他喊道：

"天呀，有人把马吉欧打成肉酱了。"

足球场上寂静下来，所有人都把头转过来。马吉欧向他们走去，汽车都停住了，摩托车也都赶快刹车。人们盯着他，好像看着一个白天出现的无形的鬼魂。鸽子不飞了，孩子们不再玩了，时间霍地停住了。他们围着他，但保持距离，好像他随时都会爆炸。他们呆若木鸡，最后阿广·育达终于想起要问个简单而明确的问题：

"谁打你了？"

马吉欧站在那里，没有任何反应。他看清楚了围在他身边的人的脸，但一个人也没认出来。阿广·育达愚笨的脑袋怎么也弄不清楚究竟发生了什么事，便走上前在他身上闻了闻，确认那是真的血而不是墙壁上的红漆。当确定那再也不是原来那张可亲或者彬彬有礼的脸，而是一张悲伤的脸时，他一下子明白过来，找到了一个简单的解释，他觉得那是个聪明的解释，然后含糊不清地做出重要声明：

"他没受伤。"

这倒是真的。

夜幕笼罩，星星闪烁，空中挂着一轮半月。院子前面和街上的灯都亮起来了，飞跑的狐狸消失了，黑暗裹住了它们的黑色躯体。卓尼·辛伯龙把马吉欧拽到军分区的司令部。嫌犯被押到警察局前总是先关在这里，它为共和国和平时期的士兵们提供了一些必要的乐趣。他们把马吉欧关进一个小狱室，给他穿上一套散发着一股卫生球和木橱味道的黑色制服，让他蜷缩在一张床垫上，旁边是一杯他没喝一口的热牛奶和一盘他动也没动的米饭。

葬礼仪式结束后萨达拉少校去军营里看马吉欧，以免他在那里受虐待。值勤的士兵们总是手痒，想虐待任何被抓来的猎物。但他们仍然尊敬这个老兵，听他的话，所以萨达拉急急忙忙地赶到那里。一堆人围着万隆虎雕像和旗杆闹着笑着。他们期待地转过身对着萨达拉，希望听到一个更出人意料的故事。

"我抓他是想防止不必要的复仇。"卓尼·辛伯龙说。

"胡说，安沃尔的孩子都是女的。"老兵萨达拉说。

但安沃尔·萨达特总还有一些亲戚，也还有一些不愿意看到镇里发生这种残忍事情的人。萨达拉嘱咐他们要把马吉欧关到拂晓，到时警察就会赶来。萨达拉不知道如果玛哈拉妮明天早上回家后发现她父亲已经死了，而凶手又是那个带她去看电影的小伙子时，会有什么反应。罪行非常清楚，但萨达拉期待知道隐藏在背后的恶意是什么。

陪他来的妻子也是哭丧的女人之一，悄悄地对他说了一些已经众所周知的事，她说玛哈拉妮那姑娘对马吉欧太着迷了。然而萨达拉少校没感觉到安沃尔·萨达特反对此事。

他走到小狱室，站在门口看着马吉欧蜷缩在床垫上发抖。他希望能用一个简单的问题解开那个谜。但痛苦和怜悯把他压垮了，令他无从开口。就在他思前想后时，马吉欧转过身，回答了他那个没有说出口的问题。

"不是我杀的，"马吉欧平静地说，丝毫没有一点内疚感，"我身体里有一头老虎。"

第二章

「那头虎白得像天鹅。」

那头雌虎和天鹅一样白，比豺狗更凶猛。玛梅曾经看见过一次，雌虎如影子一般从马吉欧体内冒出来，稍纵即逝。此后，她就没再看见过。可以看得出雌虎仍然潜伏在马吉欧体内，但是玛梅不知道其他人有没有发现那是什么。黑暗中一双虎眼在马吉欧的瞳孔中闪烁着黄色的光芒。最初玛梅被吓得不敢直视那双眼睛，害怕雌虎真的会从里面再跳出来。但随着时间的推移，玛梅见多了，对那双在黑暗中闪烁的眼睛已经习以为常，也就不再为此感到忧虑了。雌虎不是她的敌人，也不会伤害她，也许它是在那儿保护他们所有人。

马吉欧离家出走的几星期前偶然看到了它。那是一个清晨，他独自一人在礼拜室里睡觉，雌虎舞动的尾巴轻轻拂着他的一双赤脚，把他弄醒了。他以为那是马·索马在拍他，叫他起来和自己一起做礼拜。他睁开眼睛，没看到托盘上有热气腾腾的咖啡，饭盘里也没有炒米饭，却看到一头白虎卧在他身边舔着虎爪。已是拂晓时分，天色明亮，空气湿润。显然昨天晚上下了一整夜的雨，这时还没有人来做礼拜。马吉欧不由得大吃一惊。他所能做的只是敬畏地盯着那头正在满心欢喜地打扮着自己的壮硕的野兽。

他知道这头野兽并不是真实的存在。在这个星球上活着的二十年间，他一直在小镇郊外的丛林中游荡，但从来没看过这种野兽。他见过野猪、身上斑斑点点的小猎豹和豺狗，却从来没见过几乎像牛那么大的白虎。他流下了泪水，慢慢伸出一只手摸着雌虎的前爪。那似乎又是真的老虎，虎毛柔软得有如鸡毛掸。雌虎将爪子缩回去向他示好。就在虎爪抬起来时马吉欧再次把手伸过去，雌虎有意与他玩笑，像猫那样用虎爪轻拍了他一下。马吉欧试着去抓雌虎的爪子，但它躲开了，翻身爬起，伏身到另一边做出准备发起攻击的样子。马吉欧还没来得及躲闪，雌虎就扑过来了，和他扭成一团。他累得平躺在地上，气喘吁吁。雌虎这才往后退开，卧在他身边又开始舔舐虎爪。马吉欧轻柔地拍了拍虎肩。

"爷爷？"马吉欧说。

爷爷住的村子离马吉欧家很远。他先要搭载客的摩托车到丛林边缘，那里有一排叫"星期五集市"的小商店，是各种交通工具的终点站。再往前就是山林间蜿蜒崎岖的泥巴小道，如果有辆牛车也许可以继续往山上走，但摩托车就很难再开进去了，载客的摩托车车主根本就不愿意去。去看爷爷时，马吉欧得在合欢树林和三叶草丛中跋涉，再穿过红木树林，深入只有猎人才认得路的丛林深处。接着他要在一片山地间走一个小时，只有他和那些可能在某一天会成为他的猎物的野猪才熟悉那些地方。山的后面是一个小村庄，稻田和鱼塘环绕着一所伊斯兰学校。爷爷并不住在那里，而是住在一个可以使马吉欧身心放松的地方。多次从小村庄走过之后，他在路上也认识了一些当地人，但他不能在那里逗留太久，得在夜色降临、渡筏停摆之前赶到小河边。渡筏是用一排竹子绑扎起来的，系在一条穿越小河两岸的缆绳上。摆渡工站在竹筏前拽着缆绳，慢慢拉着竹筏往对岸走，水流湍急的时候还得用一根竹竿撑筏。小河不浅，水流缓慢。河里没有鳄鱼，但有能掀起巨浪的水怪，尽管谁也没见过，孩子们却都很害怕。过河只要花十分钱，渡筏一次可以载十几个人，以及他们的牛羊、一袋袋稻谷和其他农产品。下了竹筏后马吉欧还得继续往前赶路，沿着一条滑溜溜的小道爬上另一座山。在山顶上他可以看到下面大片大片的稻田。广阔的原野中央是另一个小村庄，好似沙漠中的绿洲，草木葳蕤，房屋密布，椰子树高耸入云。

马吉欧八岁时第一次自己走这条路。其后他只要有机会就去那里看爷爷，尽管他得走半天。他总是玩得十分高兴，也总会带一大串香蕉或者一篮子兰撒①和榴梿回家，让玛梅和父母高兴一下。有时如果他特别想去爷爷家但又没钱搭摩托车，他就走到"星期五集市"，然后再继续赶路，虽然会累得半死，但仍觉得快乐无比。有时他也走不

_____

① langsat，东南亚国家的一种季节性水果。

同的路，因此很快就和村民以及住在丛林里的妖精交上了朋友。从此以后，只要他在，一起捕野猪的伙伴们就再也不担心迷路了。

爷爷虽已白发苍苍，但身板硬朗，精神矍铄。他无疾而终，去世后人们才在他的床上发现他的尸体。他每天都在一块稻田和一个种植园里劳作，但后来这一整块地被马吉欧的父亲卖掉，再也不是他们的了。马吉欧真心爱他爷爷。老人会带这孩子去一条小河，他说那里是妖精们的王国。他总是说，不要调戏女妖精，但如果某个妖精爱上你了，那就把她带走，因为那是件好事。爷爷还说女妖精都非常漂亮。马吉欧总是期望有一天他能遇到一个爱上他的女妖精，但无论他去过那条小河多少次，那种艳遇的可能性总是挂在天边遥遥无期。

更令他心迷神驰的是有关爷爷的雌虎的故事。据村里的讲故事人马·姆哈说，村里的每个男人都有自己的雌虎。有些人娶了雌虎，有些人则继承了祖先的雌虎。爷爷从自己的父亲那里继承了一头，而这一头以前又属于他父亲的父亲，一直往上追溯到他们的远祖。没人记得谁最先娶了雌虎。

在温暖的夜里，马·姆哈会坐在她家的廊台上讲故事。孩子们蜷伏在她脚边，女孩们轮流按摩她的后背。如果她在纺纱织布，女孩们就认真翻弄她的头发找虱子。她总是有新故事，也不必编什么故事，她说，她讲的都是真人真事。和雌虎的故事一样，许多故事都是通过一代代讲故事人的传述才流传了下来。但有些现在发生的故事只有一些特定的人才能听得懂，马·姆哈当然就是那个能听得懂故事的老奶奶。

马吉欧记得马·姆哈既没有丈夫和孩子，也没什么事可做，她只是没完没了地讲故事。她可以走进任何人的厨房，在里面吃饭，也有人会带些吃的到她的木棚里给她。人们爱她，孩子们尤其喜欢她。她讲过一个瞎眼女人的故事，那女人只吃紫莎草茎，头发里有蛇和蝎子，但没有虱子。她还讲过关于妖精公主们的故事，专门诱拐英俊小伙子去她们的王国。但如果人们不闯进她们住的地方，她们也不会有什么恶意。后来马吉欧才知道，那些地方是在清泉里、河塘里、山顶上和大树上。然而，最能唤起马吉欧的好奇心的，是关于保护神白色雌虎的故事。

据马·姆哈说，白虎和主人住在一起保护主人平安。她说他爷爷也是那些有白虎的人之一。但爷爷从来不对孙子讲白虎的事，他说马吉欧还太小，没法驯服这样凶猛的野兽。白虎比斑豹大得多，比人们在动物园、马戏团或者学校课本里看到的老虎大得多。如果有人无法控制住他的野兽，一旦它跑出来，就会变得非常凶狠，没法制服。

"但我只是想看看它。"马吉欧说。

"以后吧！也许你会拥有它呢。"

他经常听人说他爷爷孔武有力，也听说过村里其他老一辈人的故事：他们抵抗荷兰人，让入侵者怎么都没办法把最出色的年轻人拐骗到德里国①；子弹打不死他们，后来入侵的日本人的武士刀对他们也无可奈何；他们发怒时体内的白虎就会冲出来发起进攻；他们还赶走了在丛林

_____

① Land of Deli，1630 年至 1814 年苏门答腊岛东部的一个小国，面积约 1820 平方千米。

里游荡的"伊斯兰之家"游击队 [①]。马·姆哈说，这都是因为那些老一辈的人从小和雌虎结下了情谊，雌虎通过婚姻成为家族的成员。

马吉欧从来都弄不懂这类婚姻是什么意思。他无法想象婚礼上有个男人坐在一只头戴流苏、虎颊抹粉、虎唇擦着口红的雌虎身边，婚礼主持人祈求安拉保佑某某先生和这只雌虎。他还是个不谙世事的孩子，觉得一个男人和他的老虎妻子性交是非常奇怪的事，他不知道通过这种结合而生下来的孩子会长成什么样。每次他对马·姆哈说起这种关于人类和老虎的婚姻的想法时，她就会露出掉光了牙齿的牙床咯咯大笑起来。

"只有男人才和老虎结婚，"马·姆哈说，"但也不是所有老虎都是雌的。"

爷爷当然有个妻子，一个女人。所以很清楚，那头雌虎在某种意义上来说是爷爷的妾。爷爷从来没有和雌虎结过婚，因为他是从他父亲那里继承下来的，但对于这个家

---

① Darul Islam，20世纪五六十年代活跃在印度尼西亚的反政府武装组织。

来说，雌虎仍然是爷爷的另一个配偶，受到爱戴和尊重，有时甚至甚于人妻。马吉欧的奶奶先过世了，死于支气管炎。这种病使他们整夜听着她的咳嗽声而无法入睡，也使她在死前不时发烧，身体萎缩。爷爷从此鳏居孑然，或许有头雌虎陪着，他便觉得足够了。但他也没再活多久，妻子的去世所带给他的沉重的打击，很快就夺走了他的性命。

　　马吉欧在爷爷生前最后一次去看他时，有一天晚上老人明确地说："那头虎白得像天鹅。"

　　如果雌虎出现在马吉欧面前，爷爷希望他认出它来。爷爷又说，如果雌虎愿意的话，它可以去找马吉欧的父亲成为他的妻子。这样马吉欧就得等他父亲死后才能得到雌虎。但是如果它不喜欢他父亲，就会在某一天去找马吉欧，当他的妻子。

　　"如果它也不喜欢我呢？"马吉欧急切地问。

　　"那它会去找你的儿子或你的孙子，或者如果我们家的人把它忘记了，它就再也不会出现了。"

　　现在这头雌虎来找他了，在外面的世界还是一片寒冷时，静静地卧在礼拜室里他身边温暖的地垫上。和爷爷说的一样，雌虎白得像天鹅，像天上的白云，像棉花。他兴奋莫名，因为这头雌虎比他所拥有的其他一切都宝贵。他想象着它会怎样和自己一起去捕野猪，帮助他把毁坏稻田的野猪赶进兽栏；而且，如果有一两头野猪攻击他而他又无力抵抗时，它就会保护他免受伤害。马吉欧从没想到雌虎会在这么一个寒冷的清晨出现，像姑娘一样把自己奉献给他，有一阵子它看上去又像只家猫。马吉欧深情地凝视那张对他来说是如此可爱的脸，这小伙子觉得自己深深陷入情网了。

他用一只胳膊搂住它的脖子，抱着它，感受着贴在他身上的虎皮所带来的温暖。这种感觉就像在寒冷的清晨赤裸裸地和一个姑娘在床上相拥，享受历尽整夜缠绵之后的柔情蜜意。马吉欧闭上眼睛，感受历经长期等待后的心醉神迷，他从此不再渴望，确信小时候听到的故事都是真的。然而，他突然感到一种突如其来的失落感。他的挚爱悄无声息地离开了。它所带来的温暖消失了。马吉欧睁开眼睛，雌虎不见了。

　　这使他比刚看到雌虎时还吃惊。小伙子站起来寻找，礼拜室很小，他确信雌虎消失得无影无踪，连一根虎毛都没留下。大雨依然哗啦哗啦下着，路上上学的孩子们的抱怨声传了进来。下这样的滂沱大雨时，人们会去割香蕉叶来当随时可以扔弃的雨伞，但马吉欧没心思想这事。他心里除了那头雌虎以外什么都不想。他茫然地站在那里张嘴呼唤，却得不到回音。他不知道要怎样称呼那头雌虎。爷爷从来没有告诉他它叫什么，马·姆哈也没说。或许他们觉得他得给它起个名字。但是，如果没地方去找这家伙，给它起名字也就没什么意义了。

　　或许他会因曾经失去他所挚爱的姑娘们而心碎无数次，但现在他遭受的痛苦远远超过所有失恋带来的痛苦的总和。他抑制着不让自己哭出来。不，这不是在做梦，他告诉自己。它来找他，因为它属于他。他感受到它那皮毛的温暖，他们曾在一起嬉戏。这太真实了，绝对不是一个在清晨所做的寂静的梦。他一次次寻找，感觉到它真的离开他了之后，他的心痛转为怨恨。他颤抖着紧握十指。他从未感受过如此冷酷而渴望报复的狂怒。他没法消除这种狂怒，只能强忍痛苦。雌虎使他陷入情网，让他感受到了多年来一直渴望的幸福的高潮，它不应当这样离他而去。

他在门上敲打着，用指头刮擦着，直到绿色的油漆脱落，显露出赤褐色的木板，他嘴里发出令空气都为之震颤的号叫。门上深深的刮痕令他感到震惊。马吉欧静静地站在那里一动不动，愤怒随之慢慢消退。他瞪着门上三道平行的刮痕，如果刮在某个人的背上，那会是三道极深的伤口。然后他仔细看了看自己的手，他的指甲不长，他把指甲都剪得短短的，不然在捕野猪时手持长矛很不方便。照理说他不可能把门板弄成这样，可他短短的指甲里还是塞满了油漆和木屑。马吉欧蒙了一阵，他对自己所做的这些感到敬畏又困惑不解，但他马上想明白了。它没有离开他。雌虎仍在那里，已变成他的一部分，至死也不会和他分离。他倚靠在墙上摸着肚脐，感到雌虎现在就盘踞在他的肚脐之下。它根本不是一头容易驯服的老虎。

他开玩笑地对阿广·育达说："我再也不是独身一人了。"

阿广·育达以为他指的是他再也不是个处男了，但这并不是什么轰动性的新闻，所以并不在意。他觉得马吉欧是想吹牛，说他睡过了那个叫玛哈拉妮的姑娘。除了她还能是谁呢？她放假时，阿广·育达看见他们在一起。所以，除了马吉欧的妹妹玛梅曾经看过一眼雌虎，没人发现他体内潜伏着一头野兽，直到他杀死安沃尔·萨达特后不久，自己将秘密说了出来。

马吉欧在邂逅雌虎的前一天晚上第一次告诉妹妹，他想杀死他们的父亲。玛梅已经从别人那里听到过这种话。马吉欧在守夜值班的小茅屋里多次诅咒过父亲，也在其他不同场合表达过同样的情绪，如果有机会，他就会杀死科马尔·本·赛尤布。但终究什么都没发生，也没迹象显示他真的会动手，那只不过是一个小伙子在狂怒地表达对其父亲的憎恶罢了。这种愤怒会随着时光的消逝而消失。因此马吉欧对玛梅吹牛时，那姑娘并没把它当一回事；又或许她内心倒是希望哥哥能杀死父亲。

那时她还没有看见过马吉欧眼瞳里异样的光，但可以感受到他心里烈火般的狂怒。他们刚出生一星期的妹妹玛丽安夭折后，这种感觉就更强烈了。玛梅把小刀和砍刀都藏起来，一直盯住马吉欧。实际上她并不在乎他会不会真的杀死父亲，只是因为玛梅向来都很清醒，她想要阻止任何愚蠢的举动发生。

觉得哥哥不可能把威胁付诸行动后，玛梅就出门了。那时足球场上已经搭起帐篷，姑娘们在卖门票，大象和老虎也在不停吼叫。假日里马戏团在邻村表演了两星期，那时没人想到它会来这个村子，就像以前那样，隔一两年甚至五年，马戏团才会再一次出现。尽管人们已经非常熟悉马戏团表演的节目，它的出现对村里的人来说仍然是件大喜事。多年后，除了人们称作"塑料姑娘"的年轻女人被更漂亮、更年轻的演员所取代之外，其他节目依然没有多大的改变。

他自己一个人去悄悄买了张票，双手插在脏兮兮的牛仔裤口袋里。他很小的时候父亲带他去看过一次，之后他就很久没看过马戏表演了。但这次他急于去看，并不是期望看到什么特别的东西，而是需要把自己淹没在人群的河流里，消失在喧嚣的噪声中，把自己掩藏起来。他在几乎可以摸到天花板的看台最高处找了个位子坐下，手托下巴等着表演开始。

马戏团经理身穿黑色的外套，系着挺括的领结，面带假笑欢迎观众，接着发表了一通演讲，总结马戏团在群岛巡回表演的行程。这时马吉欧脑袋里一片空白。经理描述了一艘他们海军节在上面表演过的船，喋喋不休地说着今后的表演计划。接着一个漂亮女人出现了，她头戴饰有孔雀羽毛的高帽，身着红色露腰短上衣、黑色长裤、鲜艳的红鞋和一条与这些装扮相称的迷你裙，隐约露出里面的内裤。当漂亮女人用她迷人的深红色嘴唇报幕时，马吉欧仍然沉浸在深思中，对她无动于衷。而在过去，看到这样一个穿着如此暴露的漂亮女人，定会勾起他的淫荡想象。

他手托下巴坐着，目光往两边扫。他被夹在中间，一边坐着一个带着小孩的胖女人，两人吃着花生，咔嚓咔嚓咀嚼的声音大得都快盖过音乐；另一边是一个看上去令人不舒服的年轻男人，他的女朋友在他身边扭动着要他拥抱，也许那人感觉到马吉欧正生着闷气，所以不想惹他，手脚规矩，端坐着不动。

马吉欧希望能够抛掉从家里带来的愤怒。他什么都不

想去想，只期待着那些塑料姑娘，期待着那些身体柔软的
年轻女人把迷人的双腿圈在一个旋转的圆桌上，或者在缠
绕的绳索上晃荡。他闭上眼睛，不想看猩猩在一辆小型摩
托车上转圈，他知道猩猩停着不动时驯兽师就会闷闷不乐
地自己推摩托车。马吉欧也不想看那只一出现就令小孩们
噼噼啪啪不停鼓掌的鹦鹉骑自行车。小丑们也令他不快，
他希望打个响指就能把他们赶下场。甚至连那些女杂技演
员、那些塑料姑娘出场，跳到彼此肩上搭出一个人造金字
塔，然后让它以一种可以想象的优雅姿势突然塌下来时，
他也心冷如冰。这个表演依然没能触动他的心。

　　马吉欧正准备离场去阿古斯·索扬的饮食摊上喝一
杯，这时马戏演员拉出了一个铁制的平面框架。他知道接
下去会有什么了，稳坐在那里等着，心怦怦直跳。马戏团
演员们齐心协力，很快就搭起一个二十英尺高的大笼子，
随后马吉欧听到一声野兽的吼叫，令他血液沸腾心跳加
快。他不再手托下巴了。他双手放在膝盖上，衬衣被汗水
浸透。他耐心等待着，看着他们把笼门对接到一辆卡车后
斗上。卡车旁站着一个驯兽师，身穿闪闪发亮的银色服装，

手拿一条令人生畏的长鞭。卡车后斗被打开了，一头优雅的野兽极不情愿地走向笼子，不时转身对着卡车。驯兽师用鞭子抽打地板，威胁它、逼迫它往前走，随后老虎百无聊赖地跳到了笼子中间。

看着那具满是斑纹的躯体爬上一个高高的圆木凳坐下时，对过往美好时光的留恋一下子涌上马吉欧的心头，把他拉进一个古老的回忆中。老虎蹲在那里挠着鼻头，更确切地说，是舔着虎爪，用湿湿的虎爪洗脸。也许它刚刚醒来，也许是为了取悦观众中的淑女君子而在精心打扮着。不久它的配偶也来了，还有一对狮子。老虎是棕褐色的，像一张发黄的黑白照片的颜色，不是天鹅白。它们也没有牛那么大，但体型仍极为壮观。马吉欧感到他和它们有一种血亲关系，它们的突然出现令他感动，似乎命运预示着将有大事发生，他应该要做的是继续行动。

爷爷死后他一直等待着他的白虎出现，以此消磨时光。久而久之，他开始怀疑白虎会不会已经成为父亲的财产。这也许正是他要小心翼翼地躲着科马尔·本·赛尤布的原因。他警惕的双眼时刻盯着父亲，想看看有没有什么迹象显示老虎的存在。那些年，没有任何迹象表明老虎就在那里，但也没有迹象表明老虎不在那里。在那些愤怒涌上心头的年月里，他胸中充满无法抑制的嫉妒。马吉欧像妖精一样暗中观察科马尔·本·赛尤布，从远到近，看他有没有和一头野兽交流。最后马吉欧对这种努力感到厌倦了，他不得不这样想：老虎要么属于科马尔·本·赛尤布，要么根本不属于他，更不属于自己。

看马戏表演的那个晚上改变了他的想法。散场后他挤在人流中，双手再次插在口袋里，满脑子都是那些桀骜不驯的躯体。他无法摆脱他所看到的情景，当看见帆布帐篷墙上画着的老虎时，他就像看到了一个充满诱惑的女人，渴望得快要发疯。厢式活动房附近的一台柴油发电机嗡嗡作响，马吉欧在聚光灯下倚着栅栏站着，差点把栅栏推倒。他渴望和那一对老虎夫妻再来一场约会，但马上就意识到没钱再买票了。他沿着马戏团的栅栏走着，希望看到足球场中间被关在笼子里的动物，但马戏团似乎把老虎关得严严实实的。他热血沸腾，心想爷爷的雌虎可能已经在他体内了，他所要做的，就是要知道怎样才能把它放出来。

　　那天晚上他没回家。他想要和他脑子里的老虎一起待着。半夜里他走进礼拜室躺着，看见天花板上、阿訇的壁龛里、鼓架下面和其他所有地方都有老虎的影子。他从孩提时代起就一直睡在礼拜室或者守夜值班的小茅屋里，可能比待在自己家里的时间更长。那天晚上他梦到一个妖精公主从水泉里冒出来，要自己娶她，这个公主看上去很像玛哈拉妮。第二天早上他一觉醒来，一头白虎就卧在他身边。一切就这样开始了。

　　马吉欧自己都无法解释为什么如此怨恨科马尔·本·赛尤布。他觉得那是他应当讨取的一笔债，这笔债一直利滚利，压得他喘不过气来。也许唯一能够阻止他把狂怒变成暴力的是他对母亲和妹妹深沉的爱。科马尔是她们的支柱，虽然这根支柱是那样腐朽不堪摇摇欲坠。马吉欧想要他的命，他觉得这一天终要到来，只是时间问题而已，但这事一直没有发生。他在一生中一直在抑制自己的渴望，像一个普通村民那样，希望不用采取任何行动一切就都会好起来。马吉欧一直提醒着自己，他想采取的行动只会带来灾难。

他总是喜欢把自己当成是半人半神的克里希那 [①]，在冷酷无情的狂怒中可以变成千头千手的巨人婆罗诃罗。没人可以阻止他，连神祇都对他束手无策。克里希那国王——马吉欧这样称呼他——有一次将肆虐的怪兽关了起来，这件事最为世人称道。马吉欧想，以后怒火中烧时体内如果有某种东西想冲出来，他也要抑制它，把它关在体内。无论多么愤怒他都得忍受，就像克里希那所做的那样。

多年来他一直可以抑制住自己的怒火。可在年幼的妹妹玛丽安夭折的那天晚上，他失控了，他告诉玛梅，他想杀死科马尔·本·赛尤布。对他来说，玛丽安的夭折是他家发生的最悲惨的事，他再也不想抑制他的愤怒，他经常在狩猎季节用长矛把愤怒发泄在野猪身上。每当他用长矛驱赶野猪，轻轻地刺它们让其害怕被刺死时，他就会想象着科马尔·本·赛尤布在他的矛尖下会是什么样子。现在他真的想一下子把这老头刺穿，他不能只说不做，他的愤怒要有个发泄的出口，所以他和玛梅说了这事。

[①] Kresna，印度尼西亚语，印度教中毗湿奴的化身，又译作"黑天"或"奎师那"。

人虎

马戏团来到村里的前一星期玛丽安死了。那个没有
母乳喝、瘦成皮包骨的新生婴儿，半死不活地熬着她短暂
的生命。她没有发烧，但显然会死。死神像苍蝇扑在腐烂
的尸体上那样在她身边打转，每个人都知道会发生什么。
他们在她的眼中看到了死亡。每一次马吉欧看着努拉伊妮
时，母亲脸上哀痛的神情都会勾起他的悲伤。科马尔似乎
是唯一毫不在乎的人，看着婴儿就像看着一堆垃圾，人们
都说他连碰都不愿意碰她一下，更不会和她玩父亲和女儿
一起玩的游戏。婴儿出生后的第七天该由科马尔给她剪
发，安排一顿礼饭为她祝福，同时起个好听的名字，可他
却什么都没做。

马吉欧没有问过科马尔就把他养的鸡宰了，与玛梅
和母亲举行了一次小小的礼饭仪式。他拿着父亲的理发工
具咒骂着老理发匠，女婴却哭都没哭一声，蜷曲在妈妈的
膝上。科马尔没说过要给她起什么名字。他选择逃避，他
们的母亲最后给起了一个简单的名字，既没有中间名也没
有姓。

"玛丽安。"

礼饭仪式结束后他们心中倒有了一点安慰：女婴死前有了个名字，她的头发被剪掉了。马吉欧设法把她的名字刻在一块小小的墓碑上，立在一棵玛梅种的鸡蛋花树下，撒满飘香的依兰花瓣。女婴的死燃起了马吉欧对他父亲的仇恨。他想，如果他要杀死科马尔，现在时候到了。

科马尔·本·赛尤布直到拂晓前，玛丽安被安葬后才回到家，脸上既没有内疚也没有不快的表情。没人关心他究竟是在妓院里还是在垃圾桶旁边过了夜，家人和邻居没人和他打招呼。他是个半死不活的没法控制自己的虚弱老人，跨进家门时没有想过要问一下为什么家人都这么悲伤，然而他肯定知道玛丽安死了。他回家完全是因为那顿礼饭，他无耻地坐在厨房里吃完剩下的鸡，然后上床睡觉，鼾声如雷。后来马吉欧实在没法再忍受下去，抓起家里唯一的锅狠狠地往地上摔下去。锅摔在地上时发出的巨大响声把科马尔吵醒了。

摔锅的事终结了他们多年来所维持的休战状态。科马尔知道这孩子的忍耐已经到了极限。此后他退缩躲藏，长时间赖在床上，假装对一切事都漠不关心。这是马吉欧

第一次发泄了他以前从来不敢发泄出来的怒火。父亲终于
知道儿子的身体里有一条无比愤怒的毒蛇。实际上马吉欧
也像其他人那样被自己的爆发吓了一跳，这次爆发点燃了
一切，他得为此做好准备。他二十岁了，已经一点都不怕
他那五十岁的父亲了。老头长时间地躺在床上，知道自己
的岁月有限，悲伤而无可奈何地认识到马吉欧已经不再是
个小男孩，而是个男人了，他已经无力与这个男人抗衡。

其后的几天中他们保持距离，准备战斗但同时也都彼
此小心翼翼地回避。科马尔·本·赛尤布现在无精打采，
虚弱不堪，马吉欧看出了他的无助，控制着自己的仇恨，
不想太快行动。虽然他在清晨看到他的白虎——他的巨
人婆罗诃罗——之前，这仇恨就已经白热化了。

玛梅只看过雌虎一眼，它从马吉欧身上溜出来后一
闪而过，就像个小伙子很快从衬衣和短裤中钻出来一样。
她往后退却，确信老虎会扑上来，在老虎回归虎窠，即马
吉欧深深的腹内之前，玛梅吓得周身无力，没法动弹。那
正是马吉欧回家看到父亲在宰鸡的那天晚上。砰、砰、砰，
他一只只地剁下鸡头，然后把砍下头的鸡身扔回鸡笼，让

它们扑扇着翅膀垂死挣扎。

"他在干吗？"马吉欧悄悄地问玛梅，没让老头听到。

"他在准备给玛丽安做'头七'。"

或许这件事刺激马吉欧把虎放出来了。他无法忍受这个该死的老头对那个活着时他漠不关心、现在已经夭折的女婴做的任何好事。马吉欧坚信，科马尔杀死了他自己的小女儿，或者至少有意让她死。现在这个该受诅咒的科马尔正在计划她的"头七"仪式。去死吧，马吉欧想，那婴儿的灵魂不会接受这个男人的任何东西。就在那时玛梅看到一张红色的幽灵似的脸，上面明显覆盖着皮毛，黄色的光芒在眼中闪烁。接着她听到一声吼叫的回音，看到一个白影在其瞳孔里跳动。在它又一次消失，在一道似乎关得紧紧的笼门后面伏卧下来之前，她几乎要大叫出来。马吉欧把它关住了，压抑了它的兽性。

摔锅的事发生后，科马尔把自己深埋在房间里，只在要去理发摊时才出门，回家后又立即蜷缩在床上。他觉得马吉欧会对他发起攻击，即使不会杀死他。这小伙子突然变得非常可怕。科马尔开始像分析某个参赛选手那样分析儿子的状态，他现在的年龄、身高、体重，而最可怕的是他有可能继承了那头该死的老虎。老头很明智，不想他们之间的摩擦加剧。马吉欧再也不是过去那个温柔听话、安静坐在屋子的角落里或悄悄走出家门的孩子。他可以养活自己，而科马尔·本·赛尤布更明白不要去挑战这个强壮的年轻人。

其后玛梅看到她父亲走出房间，满脸温柔，再也不是那个唠唠叨叨的老啰唆鬼了。科马尔承担起过去没做过的家务。他拿起棕榈树叶做的扫把一遍遍地扫地，扫干净后也不停下来，早上和下午又把澡盆装满水让他们洗澡。由于他突然想起要给他们洗衣服，第二天玛梅少了很多日常要做的事。玛梅想要制止他的这种温柔，担心父亲这样劳累之后再也没力气在理发摊上干活了。但他好像并不在乎，他不理玛梅，也让她几乎无事可做。

当她看见这个男人自己宰鸡准备为玛丽安做"头七"仪式时，她理解了他的想法。她只需看着他就可以了解真相，仿佛命运的安排就刻在他的额头上。他正在徒劳无益地同他们讲和，妄想消除过去多年的腐臭痕迹。这是徒劳的努力。没人为他现在令人怀疑的善良所感动。这也很悲哀，因为每个人都觉得他现在想重新开始已经太晚了。

马吉欧丝毫不想宽恕父亲。父亲的温柔更激起了儿子的仇恨，从老头的意图开始变得明显的那一刻起，这种仇恨之火燃烧得更烈了。别指望我会原谅你，马吉欧心里想着。他一点都不愿意帮科马尔的忙，离家出走四处游荡，在守夜值班的小茅屋里无聊地踹墙，在阿古斯·索扬的饮食摊上喝酒，在荒废的种植园里扔椰子。而他父亲则自己拔着鸡毛，把弄干净的鸡拿到厨房水煮后油炸，煮米饭。黄昏前他出门拜访邻居，请他们做完宵礼后到家里聚聚，读读《雅辛章》，让玛丽安的灵魂得到安息。

邻居离家后马吉欧才回来，这时地垫还没收起来。在此之前，科马尔·本·赛尤布自己张罗着这一切，玛梅和努拉伊妮都没动过一根手指头。科马尔叫马吉欧吃饭——那里还有剩下的炸鸡、米饭和炖土豆。但马吉欧一口都不想吃。他穿过厨房走进自己的房间，接着又走出来，去卫生间撒了一泡尿，随后走到阳台站在灯下。玛梅走出来劝他吃饭，但马吉欧只是点燃了一根香烟作为回应。

玛梅在昏暗的灯光下看到他眼里的光泽和那种黄光不断明亮起来。她还记得马吉欧想杀死科马尔。他眼里闪烁着明亮、敏锐、刺人的光芒，玛梅觉得他只要用那目光就能杀死科马尔·本·赛尤布。但她同时也感受到了哥哥的痛苦。正义的马吉欧正在和邪恶的马吉欧对抗，这场对抗要持续到他父亲生命终结后才会结束。玛梅看得出他在与自己的对抗中精疲力竭。但是科马尔·本·赛尤布不会死在马吉欧手里，或马吉欧心爱的老虎的利齿之下。那天晚上，把烟蒂扔到院子里后，马吉欧对玛梅说："我得离家了，要不然我终究会杀了那个人的。"

玛梅并没把他的话当真。对她来说，他的意思似乎是"我想离家"。事实上他早就离家出走了。在最后的那些年月里，马吉欧在家里已经非常明显地感到不快乐，他真正的长期住处是守夜值班的小茅屋和礼拜室。他可能不会再回到家里，但可以在他平时出没的地方找到他。过后玛梅才知道她根本就理解错了。

在一个像往常一样的早晨他们突然失去了马吉欧。他的朋友们最先发现他出走了。他们一整天都没看见他。

有人说他在马戏团里，但昨夜是马戏团待在村里的最后一夜，整个马戏团已经整好行装离开了，也没人知道马戏团的去向。全村人都相信，马戏团里的某个姑娘诱惑了马吉欧，让他加入了他们的队伍。但人们也都确信，他肯定会返回自己的家乡，回到他的挚爱——安沃尔·萨达特的小女儿玛哈拉妮的身边。后来，当他的一些朋友来家里问他在哪里时，玛梅才意识到马吉欧真的离家出走了。

他的失踪让不少人感到悲伤，做好一切捕野猪准备的萨达拉少校更是如此。科马尔·本·赛尤布似乎也为此感到难过。他整整一星期试图漠视儿子不在家的现实，重返过去熟悉的日常生活轨道，喂那些还没宰完的鸡和三对兔子。每天早上科马尔都会骑着自行车去市场，他的车铁锈斑斑，车链吱吱嘎嘎作响，也和村里多数自行车一样，没有刹车和车灯。他从菜贩的垃圾堆里捡些烂胡萝卜和烂白菜，路过碾米厂时停下来拿点米糠，这些都用来喂他的鸡和兔子。他在米糠里加温水，搅拌后放在椰子树叶上，以免那些鸡踩来踩去，烂胡萝卜和烂白菜则直接扔进兔笼里。科马尔尽量使自己忙碌起来，没事也要找事做，以此表示他似乎并不在乎马吉欧的出走。然而玛梅知道他心里的真正感受。

有一天科马尔问："马吉欧回来了吗？"

"还没有，"玛梅轻声说，"相信我，当他得娶老婆时他就会回来的。"

这话并不能给科马尔多少安慰，不久后各种病魔开始缠身，他的身体每况愈下。失落感使他病得更重，他又成天躺在床上不动，日益消瘦，乱说昏话。他不再去理发摊了，而是一点点地梳理自己的灵魂。科马尔抱怨肚子里面有一根钉子，不久他开始吐血，这证明他的感觉没错。他的皮肤发黄，身体水肿。玛梅找来的医院护工告诉她，得拉科马尔去医院。玛梅叫来两个舅舅，把科马尔放在担架上抬过去。他浑身是病，医生对此束手无策，只能让他躺在一间寒冷而且仿佛有鬼魂出没的病房里。

他妻子不想在他临终的日子里照看他，玛梅只好把一切都扛了下来。她看得出父亲最后的时刻已经到来。依兰花开，黄兰飘香，远处传来乌鸦的叫声。在医院里待了两星期后，科马尔要求女儿把自己送回家，他告诉玛梅：

"不要再请什么医生了。我身体还好着呢，还可以等到墓挖好以后再死。"

那是科马尔还能说话时的事。一天早上他再也无法张口了。他的嘴巴蔑视主人拒不张开，下巴僵硬得令人难以置信。以前也曾经发生过这样的事，但经一个萨满分几个疗程用洋葱汁按摩脖子和脚指头后治愈了。这一次玛梅不知道科马尔能不能再次张开嘴巴。三个萨满想用按摩让他的下巴再动起来，却徒劳无功。这是非常明显的死亡征兆。科马尔痛苦异常，在床垫上打滚，打自己耳光，狠狠地挠自己的嘴巴，这种自我折磨更加重了正在毁坏他身体的痛苦。他只能吃流食，于是玛梅喂他蔬菜粥。科马尔用食指把菜粥拨进嘴里，不停地咳嗽，伏在床垫上哭泣。不久他的手也不能动了，好像神经被割掉似的。玛梅只能喂他甜茶，除此之外科马尔再也不能吃其他东西了。几天后他的身躯萎缩成一副骨架，有如家中院子里瑟瑟发抖的蜥蜴。

一天晚上玛梅听到科马尔的哀叫，走过去问他是不是很痛。并不是他身体上的痛苦在折磨他，他发出第二声咕哝，他是想要说话，所以玛梅靠近他，努力想听他在说些什么，可并没有用。因为没法听明白科马尔含混不清的声音，玛梅自作聪明拿来几张纸和一支上学时用的铅笔，但那更让他绝望，他的手根本动不了。玛梅想出个更好的主意，她在纸上写下一些词，如果认为合适，科马尔就会点点头，脸上也会硬挤出一丝笑容。他们忙活了半夜或者更长的时间凑出了一句简短的话。那个垂死的男人以这种方式传递了他的遗言：把我埋在玛丽安身边。

第二天玛梅把这遗言转告母亲。那女人平时难得开口，但对这句遗言她倒是宽宏大量地回答了一句："把这话告诉挖墓人。"

显然科马尔·本·赛尤布在生命最后的日子里说服了自己，特别想要对可能因他而死的女婴做出补偿。那天晚上玛梅听到一只乌鸦在屋顶上喧嚣。乌鸦飞走后叫声还在她的脑子里回荡，经久不去。她想忘掉迷信的说法，但每个人都说，如果乌鸦飞落在某家屋顶，那家必要死人。她直到清晨才稍微眯了一会儿，那正好是科马尔去世的时间，他受不了病痛和遥遥无期地等待儿子回家的痛苦煎熬。没什么能让玛梅比想到父亲对儿子的思念更为悲伤的事了，尽管她也非常清楚，如果马吉欧在父亲去世前回家，肯定会亲手结束科马尔的生命。

那天早上玛梅看到父亲蜷缩在床上，尸体已经变成模糊不清的一团，连乌鸦都不会想要啄他一口。没人切开他的喉咙——虽然科马尔曾经怀疑家里有人会在某个时候这样做——甚至连马吉欧都克制着没去砍他的头。老头自然死亡，他的灵魂走了。他说了声"再会"后，就被死神拖着溜出有隔栏的窗子，回头看着他最后的时光，那张臭气熏天的床垫，那个阴湿的房间和他那凄凉的世界。那是一种长久存在的日常生活的终结。

天快亮时，玛梅是131号房最早起床的人。她会梦游般地做完她那垂死的父亲已经无法再做的事，提一小桶温水，在桶上搭一条毛巾进他房间。在他最后的时光里，随着病情急剧恶化，他的鼻孔嗅到了墓土的味道，科马尔开始忏悔，拖着病魔缠身的躯体做礼拜。玛梅帮他沐浴，洗手洗脚洗脸，让他躺在床上做礼拜，一天五次。玛梅的手稍微动他一下就可以把他叫醒，告诉他做晨礼的鼓声马上就要响了。这时科马尔就会睁开眼睛，身子却像粘在床单上似的一点都不能动弹。他把头深深伏在三个发臭的枕头上，身上盖着的医院的条纹毯子下隐约显出他四肢的轮廓。

拂晓时玛梅的手没能唤醒科马尔，她摇摇他，他却动都不动。他的眼睛睁得大大的，但灵魂已经出窍了。当她意识到这点时，赶忙放下了手上差点掉下去的小水桶。姑娘摸摸自己的胸口，迷惘地自言自语，然后受到电影里关于死亡的场景的启发，用手抚合父亲的双眼。"再会，"她说，"你的剪刀和梳子会为你做证。"她环顾房间，看看有哪个出口能让他的灵魂出去。地上有一个昨天晚上装水为科马尔冷却额头的小碗，一些菜粥放在一边，一根没动过的青香蕉和一杯已经开始发酵的甜茶放在床边的桌子上。

这是一个十八年来从来没有从父亲那里得到过一对耳环的女儿。悬挂在她耳垂上的是一对从床垫上扯下来的铁线圈，只是为了不让穿透的耳洞闭合。她一直偷偷珍藏着两三克黄金。科马尔倒是曾经带上小玛梅去海边野餐过，并自豪地为她筑了一个沙堡。科马尔也曾经告诉过玛梅，要带她去裁缝那里给她做一身开斋节穿的新衣服。有一次他还带玛梅去看过一场电影。但去世的老头也明白，他死的时候玛梅根本记不得这些事。

宣礼员 ① 的呼声长久地在安沃尔·萨达特家的东边回荡。随着马·索马浑厚有力的声音响起，邻居们的开门声，钥匙旋转或者插入钥匙孔的声音，拖鞋在小巷里趿拉着走向礼拜室的各种杂音接踵而来。野狗从酣睡中被吵醒，狂吠不已，公鸡扑哧扑哧地乱扇翅膀，突然发出四声洪亮的啼鸣。最后一声鸡叫听起来就像一声长长的叹息。玛梅走进她和母亲睡觉的房间叫醒母亲，对她说："父亲死了。"她母亲起床，确认丈夫是自然死亡，而不是被她女儿扼死的。

这个名叫努拉伊妮的女人走进厨房，坐在一张小凳上面，像往常一样对着炉子和锅自言自语。她的神经有点问题，或者至少她女儿是这样认为的。玛梅跟着她走进厨房，站在门边，在昏暗中瞪着眼睛等待。她不知道要怎样

––––––––––––

① muezzin，清真寺里按时呼唤穆斯林做礼拜的人。

处理父亲的后事，她希望马吉欧很快就会回家指导她们，要不她们可能得让科马尔·本·赛尤布的尸体腐烂在床上。

就在寂静中玛梅听到一声哭泣，一声从她母亲没有意义的自言自语中发出来的呜咽。发现这个女人竟然会怀念那个在一生的婚姻生活中以各种借口甚或根本没任何理由就殴打她的丈夫，玛梅大为震惊。她十分确信，母亲并不是因为爱科马尔而心碎，而是因为已经习惯了和他在一起生活，他的死给她带来的痛苦和她过去所承受的痛苦不相上下。

科马尔养的动物在后院里扑通扑通直闹，急着要人去喂它们。他生病后那些可怜的动物就再也吃不到烂菜和米糠了，玛梅承担起喂养它们的工作，让它们吃她所能在厨房里找到的剩饭剩菜。她想，现在它们的主人死了，它们也可能随后跟着死去。如果那天有人希望在葬礼结束后为科马尔举行什么仪式，它们也会马上献出生命随他而去。玛梅很愿意像马吉欧经常偷偷干的那样，切下它们的头。

厨房里传来一阵阵啜泣声，玛梅仍然站在门边，似乎在等待戏剧的最后一幕结束，帷幕最终拉上。她想让母亲分心，强迫她做一些其他的事，但她放弃了，因为她也知道她们两人谁都不清楚要做些什么。玛梅去稻谷储藏间，在那里打开厨房的灯。与其说它是个稻谷储藏间，倒不如说是放箱柜的地方，里面有个大木箱，放着要催熟的番木瓜和香蕉，其余的只有两三公斤大米，那可能是科马尔为顾客理发后在市场上买回来的。在明亮的光线下，努拉伊妮停止了哭泣，但依然沉浸在巨大的悲伤中，背对玛梅盯着炉子。

玛梅认为生活还得照样过下去，所以想尽量使自己忙碌起来，她拿起努拉伊妮面前的锅，从井里打水把它装满。她点燃炉子的煤油灯芯，慢慢旺起来的火照在她母亲那张突然间肿起来的死人般苍白的脸上。她像过去在清晨唤醒父亲后所做的那样，把装水的锅放在炉子上烧着。现在玛梅又怀疑她母亲是否真的对科马尔·本·赛尤布的去世感到痛苦。她自己对此倒是很高兴。

她们长久保持沉默，直到玛梅听到人们从礼拜室回家的声音。她犹豫不决，不知道要不要走出去告诉他们科马尔·本·赛尤布死了，希望他们能够帮忙料理后事，但又不知道要如何开口。开口说"叔叔，我父亲死了"对她来讲是件非常不合适甚至有点狼狈不堪的事，因为人们会听得出她声音里藏着的快乐。她慢慢等待脚步声消失，希望努拉伊妮会给她出个主意，告诉她该去谁家通报消息。玛丽安死后马吉欧处理了一切后事，此刻玛梅却不知道要去找谁。

嘈杂的一天又开始了，左邻右舍生起土炉或油炉，孩子们在香蕉园里撒尿。脏碗碟堆在洗碗槽里，水从井里打上来，装满了水缸。她可以听到自行车载着空篮子从门口经过的声音，或者要去卖东西的车主载着满篮子的东西咔嚓咔嚓往市场那边蹬。远处的街道上，清脆的马车铃声和马蹄铁掌踩在地上的声音合成了一首交响曲。狗又吠起来了，在重新蜷缩在沙地上小睡一会儿之前吠叫一阵。但厨房里只有开水的嘶嘶声和努拉伊妮抖动的肩膀发出的窸窣声。玛梅想，这就是科马尔·本·赛尤布曾经残酷驾驭过的那个女人。

那是很久以前的一件事，但玛梅永远不会忘记。在一个寒冷的夜晚她急着起来小解，她拼命憋尿，直到实在憋不住了。她的膀胱快被撑破了，只好从床上爬起来。她找不到母亲，就走进了马吉欧的房间，他正睡得像个死人。因为天太黑，玛梅不敢自己去浴室，但马吉欧睡得很沉，她也不想叫醒他。玛梅不知道父母究竟去哪里了，便自己摸索着走进厨房，找装在储藏间里的电灯开关。

她没有打开开关。邻居家的灯光穿透格子窗直照到储藏间。她看到大箱子上两个赤裸裸的身影像骑师和马那样缠在一起，和她星期天在椰子种植园看赛马时见到的一模一样。就在她盯着大箱上的身影时，赛马的景象活生生地从脑海里浮现出来了。努拉伊妮像奔跑的马那样往前起伏，科马尔·本·赛尤布正从她后面顶进去。她可以看到科马尔疯狂地扭动屁股，每次抽动都会使努拉伊妮像被切开喉咙的牛一样呻吟不已。那种感觉非常真实，因为玛梅在宰牲节时亲眼看过牛的喉咙被割开。

她站在那里看着两个大汗淋漓的人，听着母亲被从后面死命插进去时所发出的呻吟，吓得差点尿了出来。她跌跌撞撞地走进浴室，方便完后躲回了自己的房间，一点都不想再偷窥储藏间里发生的事。回房间后她无法入睡。

多年过去，这一幕场景一直存在，以至于看到母亲和父亲时都会不由自主地产生悲哀和厌恶的双重感觉。

当时玛梅只有十四岁，正处于青春期，对自己身体的各种改变着迷又好奇。她和自己的身体交谈，自言自语道："它们像子弹一样突然从我的胸前冒出来。"她看着乳头有些自豪地想，又对它们不明显的形状感到某种不安。如果她的衬衣在胸前凸出来，尽管不明显，男人们都会不怀好意地盯着探索一番。每天早晨，她都觉得胸部似乎在一夜之间膨胀。有时她不由得纳闷，女孩的体形大致相同，可长成女人后差别怎么会那么大。

她和自己的身体待在浴室里的时候最快乐。水池上有面大镜子，那是一只猫打破衣柜的镜子后留下来的残片。这面镜子是进入另一个不同世界的神奇窗口。玛梅在浴室里用大半的时间赤裸裸地站着欣赏自己的体形和正在发育的胸部。她站在这里，感觉自己是个真正的女人了。她喜欢自己新的双乳，欣赏它们，双手捧着，比量它们是不是比上一次冲澡时长得更大了。她有时轻轻摇动它们，猜想里面究竟装着什么东西。她羡慕在街上看到的曲线分明的大胆的成熟女人，看到她们时就会很激动。她的乳房不大，但在镜子前面她模仿着年龄比她大的那些女人的动作。

然而通过那面镜子进入的世界并不安全，因为浴室的门闩没了。每个人在冲澡时都想着要去买一个，但擦干身子后马上就把这念头抛到九霄云外。洗澡声是浴室里有人的唯一迹象。但有一次，当玛梅有几分钟没动洗澡水而是站着端详自己的身体时，门突然打开了。时间就此终止。

科马尔·本·赛尤布穿着贴身内裤和内衣站在那里，嘴里叼着一根香烟，手上抓着裤带不让内裤掉下来。玛梅尖叫起来，昏昏然不知所措，一下子伏下去把脸埋在双膝之间。每当玛梅回想起这件事时，总觉得那一刻持续了非常长的时间，比她的一生都长。玛梅没有抬头，她听到科马尔把门关上，一声不吭地慢慢走开了。他双腿张得很开，尽力憋着尿。但他走开后，玛梅的尿就失禁了。

她想，父亲知道我的乳房凸出来了，我的大腿间长毛了。他发现了女儿的秘密。这些年来，科马尔知道玛梅希望他能忘掉这件事。但科马尔从没把它忘掉，虽然没人说得出是为什么。玛梅也都知道。起先她尽量回避他，科马尔只好把要给她的零花钱放在饭桌上。尽管兽性支配着他，他却从来都没想过要看女儿的裸体，现在也不想看。但玛梅觉得她受到了侵犯，而他也能感觉到这点，随时准备着某一天她抓起菜刀杀了他。但和马吉欧一样，她克制住了，反而把他照顾到生命的最后一刻。

科马尔的死对玛梅来说是件值得高兴的事。努拉伊妮应当也会有那种同样的幸福感，抑或她是为了庆祝而啜泣，庆祝她终于解脱？

已经是早上了，但两个女人却对那具已经开始在床上僵硬起来的尸体束手无策。她们依然把自己关在厨房里，在里面走来走去减缓关节的疼痛。沸腾的开水一直嘶嘶响着，玛梅把火关上。她本应煮饭了，但看到努拉伊妮仍然默默地坐在炉子前面的小凳上，她想忙碌的冲动也就随之消失了。

学生们已经都从门口走过去了，世界开始暖和起来，充满歌声。只有这所房门紧闭的屋子里面的阴郁在加深，两个邋遢女人天亮后既没洗脸，也不冲澡。玛梅转过身站在门边，努拉伊妮逐渐停止哭泣，但仍然一动不动。死亡的气息随着白日的来临而不再那么令人感到压抑，阳光透过屋顶的缝隙、格子窗和开裂的墙缝斜斜地照射进来。

直到一点时她们才缓过来，玛梅去浴室小便。她想也没想就打开了门，炫目的阳光照进厨房。她的双脚漫无目的地移动，院子里繁茂的灌木和盛开的鲜花散发出清新的香气，使她的鼻孔张大。她站在廊台上，衣服皱皱的，头发也没梳，有如在前一天晚上的暴风雨中被淋湿的稻草人。她家的邻居加法尔走过门口，停下来看着狼狈不堪的玛梅。他们互相对视着。加法尔觉得不可思议，认为这姑娘疯了，她目光空洞，毫无光彩。

"孩子，发生什么事了吗？"加法尔问道。

不知道如何回答，玛梅说出了并不想说的话："我父亲死了，身子正在腐烂。"

加法尔蒙了一会儿才弄懂了她说的是什么意思。

"真主啊，死几星期了吗？"

"昨天晚上死的。"

最后，在已经变得湿乎乎的发臭的尸体真正开始腐烂前终于有人过来帮忙了。加法尔先把这事告诉了凯雅·加罗，然后马·索马在礼拜室的扩音机里广播了讣告，左邻右舍便来了。有人搬来矮沙发和装水的水桶清洗尸体。挖墓人用竹竿量了量科马尔尸体的长度，向凯雅·加罗要了一根香烟。挖墓人走之前，玛梅告诉他要把墓穴挖在玛丽安坟墓的右边。她再三坚持说，我们应当尊重死者的意愿。

周围一片忙碌，尸体被抬上廊台，再抬到井边，然后抬进礼拜室。但是玛梅和努拉伊妮都在那里发呆，无动于衷地看着周围发生的一切，或者什么都不看。玛梅可能还清醒一点，虽然还没梳头，没换衣服，没冲个澡甚至没擦擦脸，但她仍和别人及几个舅舅说了话。努拉伊妮则静静地待在厨房里。现在她知道科马尔·本·赛尤布很快就要被埋掉了，又开始悲恸地哭起来。大家知道她有时会失去理智，没人过去打扰她。只要她不坚持把她自己也埋进地里，她想做什么人们都会由着她。

这时马吉欧回家了，脸上焕发着一种似乎他一出现这世界就会明亮起来的光彩。他承担起葬礼的事务，走到礼拜室做葬礼礼拜，再次表现出他是个举止得当的孩子。大家都看得出他快乐无比。玛梅从院子里摘来努拉伊妮种的花，而努拉伊妮明显对此感到不高兴。这个发疯的女人以一种灵活而复杂的方式表达了她的悲伤，反对以丈夫为借口去摘花。但玛梅不理她，不断采摘着，把花放在一个篮子里。

棺材被一块带银色流苏、写着清真言的金黄色的布覆盖起来。棺材从礼拜室里抬出来时，凯雅·加罗领头唱念起经文，一些人跟在后面，主要是那些和马吉欧一起上山捕野猪的朋友，他们的衣服上全是泥巴。马吉欧也跟在棺材旁边，一路抛撒玛梅摘下来的鲜花。科马尔·本·赛尤布要被埋在布迪·达马公墓，由鸡蛋花树和黄兰树陪伴着的愤怒的小玛丽安在墓地的另一边等着他。

人们离开了，除了慢慢消失的"萨拉瓦特"吟唱声外，屋子再次寂静下来。玛梅和努拉伊妮又都不说话了。努拉伊妮走出厨房，看上去是饿了，但家里没有什么可吃的，所以她慢慢挪过客厅，无精打采地走上廊台，坐在科马尔洗过的座椅上。她看到自己最心爱的花儿几乎都没有了。玛梅的眼睛跟随着她的目光，仍然记得她这悲惨的母亲在那个可怕的夜晚留在她脑海里的情景。当时努拉伊妮几乎半死不活地趴在那个大木箱上，被丈夫压着，像被切开喉咙的母牛般呻吟不已。这时一个念头突然冒出来了。玛梅向她走过去，尖声地说：

"妈妈，您应当再嫁个人。"

努拉依妮缓过神来，猛地抽了女儿一个耳光。玛梅的脸颊热辣辣地发疼。

第三章

「给我写信。」

人虎

马吉欧七岁时他们搬进了131号房，他后来说，那是一家人在牛车上的"快乐的旅程"。在三小时戏剧性的迁徙过程中，科马尔一直在说那间属于"我们自己的房子"。他们走过用碎珊瑚铺成的小路，穿过不得不面对的有水牛出没的沼泽地，那种经历和马·索马在礼拜室里教完《古兰经》后有时会讲起的犹太人穿过红海的故事差不多。

他们租不起卡车，全家人就坐在碾米厂厂主免费借给他们的牛车上，由两头壮硕的母牛拉着。男人坐在牛车前，一只手笨拙地抖动着缰绳，另一只手用力挥舞一条母牛根本就不把它放在眼里的鞭子。努拉伊妮坐在他身边，头上遮一条饰有花卉图案的黑绿色面纱，把幼小的玛梅抱在膝上，安抚着两个因搬家而喊叫的孩子。马吉欧坐在卷起来的床垫上，牛车在路上颠簸，车上的东西摇来晃去，他得竭尽全力看好锅和桶，不让它们从车上掉下去。若有东西掉下车了，马吉欧要在车轮继续往前滚时下车把东西捡起来，追着牛车把捡起来的东西放回去，再跳上车，然后坐着或躺着看空中的飞鸟。

其实有一条沿着海岸线走的近路，柏油铺成，路上开的都是公共汽车和卡车。但科马尔·本·赛尤布担心母牛没法在车流中挪步，只好走了一条绕来绕去的弯路，横跨小山，穿越田埂，走过一排排竹林掩映的屋子，途经女人们在院子里晒稻谷、男人们在家门前砍柴的村庄。每过一个村庄，人们都会停下手上的事惊奇地打量他们。努拉伊妮在面纱下把头埋得更深，科马尔·本·赛尤布却毫不在乎，和人们打着招呼。如果有人问他们要去哪儿，他会毫不犹豫地说出目的地。

打着赤脚、半裸身子的小孩站在路边盯着他们，但马吉欧毫不在乎。他忙着看那些交换来的印着《摩诃婆

人虎

罗多》①故事的卡片，认真猜想谁是阿周那，谁是迦尔纳，迫不及待地想知道双胞胎中谁是无种，谁是偕天。只有当车轮撞上一根落在地上的粗树枝或一块人头大小的石块，绑得松松垮垮的茶壶或装着衣服的包袱掉下车时，他才会受到打扰。他讨厌搬离原来的家，因为他会失去和他交换卡片、玻璃珠，和他一起放风筝、抓蟋蟀的小伙伴。他不知道在新的地方能不能找到同样好玩的朋友。

他们原来的家位于两条碎珊瑚铺成的路的交叉口，那里有个市场。每个星期一，摊贩们过来赶集，在路边、廊台或空地上摆上一个个筐子，卖椰子、香蕉、番木瓜和木薯。有些人在自行车上铺了木架，摊开各色漂亮的布；有个老妇人托着花盘卖花；有人赶着奶牛、水牛和羊来卖，还有绑在一起的鸡鸭，一桶桶鱼和泥鳅。女人们来这里买东西，有时几辆小卡车开过来，装上一大堆货物运走，几乎什么都不留。如果在星期一以外还有什么人待在自家

---

① Mahabharata，亦译"玛哈帕腊达"。印度古代梵文叙事史诗，意为"伟大的婆罗多王后裔"，描写婆罗多族后裔班度和俱卢两族争夺王位的斗争。

廊台外面，那只会是理发匠科马尔·本·赛尤布，理发摊上有一张架着一面镜子的桌子、一个理发工具箱和一张椅子，几条毛巾和棉布做的理发围布挂在几根钉得整整齐齐的钉子上。

他们所谓的家并不是一间真正的屋子，而是一个椰子仓库。仓库旁是座豪华的大宅，墙上镶着大大的玻璃窗户，地上铺着闪闪发亮的白瓷砖，女仆天天擦洗得干干净净。大宅旁边有个种着蒲桃、橘子和杧果的果园，还有个两辆卡车经常在那停着过夜的院子。有一天大宅的主人在食用油厂后面建了个更大的仓库，然后不可思议地抛妻弃子，一声不响地消失了。原先的仓库空空荡荡地闲置着，科马尔和努拉伊妮就用每个月剪十二次头发的钱租了旧仓库住下，那时马吉欧还蜷缩在母亲的肚子里没出生。

仓库只是一个长宽各几英尺的混凝土四方形房间。他们先清除里面的椰子叶，把蝎子、昆虫和老鼠赶了出去，将床上用品放在一辆自行车边，在房间里摆了一张床垫、一个小衣柜和一张当椅子用的柳条垫。家里没有厨房。努拉伊妮把炉子、碗盘架和大桶小桶放在屋子后面的一棵山白果树下面。她得用一小片发霉的胶合板做挡风板，要不然一刮风炉火就会被吹灭。煮好饭菜后她把饭盘、菜碗和饭篓端进屋里放在床垫边，全家人就坐在那里吃饭。家里显然也没有浴室。每天清晨和傍晚他们就去大宅里洗澡，他们运气不错，在那里租到一个洗浴间和一个厕所，与房主妻子和孩子用的分开。马吉欧和玛梅就在仓库里出生，他们这样活着，似乎还过得挺好。

他们在仓库里住的最后几年间，马吉欧要做的就是把浴室里的水池装满水，再提三桶水放在后面廊台上煮饭的地方。他要在上学前做完这些事，放学后再做一次，然后去海边放风筝。他在这里交了不少朋友，其中有一个开冰室的小贩的儿子对他很好，会给他冰棍吃。后来他们就搬到了131号房。

像突然消失时那样，大宅的主人没有通知任何人就回来了，他把房子、果园和椰子仓库一起卖掉，全家搬走了。科马尔找遍周边地区，在军营和小镇市场附近的一个足球场边迷了路，却意外发现131号房已经一年半没住人了。他设法找到了老房主，因为觉得房子就快倒了，老房主马上同意他住在那里。他带着这个消息返回仓库，劝努拉伊妮抵押婚戒，筹钱买房。

要让孩子们同意搬家很不容易，毕竟连努拉伊妮都不情愿，尽管那些年她一直住在没有厨房和浴室的地方。马吉欧最不愿意搬家。他恳求父亲，不想听父亲的解释：大宅子的新主人不想再把仓库租给他们，而是要把它改成商店卖些牙刷、牙膏、肥皂、糖果之类的东西。

"而且，"科马尔·本·赛尤布说，"我们都会住在属于'我们自己的房子'里。"

马吉欧根本就听不进去。他七岁了，很受朋友欢迎。星期天，他高高兴兴地带朋友们去抓泥鳅，星期一去市场上卖，没卖完的就带回家给母亲。马吉欧和伙伴们去种植园捡没人要的柴火，也只有他不怕种植园的工头责骂他们剥下死椰子树的树皮，摘下没成熟的椰子。因为母亲不用柴炉，他就把柴火卖掉，用卖柴的钱买玻璃珠、做风筝的纸和线。他还比同龄孩子有更多笼蟋蟀。小马吉欧想着自己过人的本事，对搬家的事疑虑重重。

他脸色阴沉，威胁要离家出走，跑去睡在邻居家的阳台上或者种植园的小棚子里。后来科马尔把他拉回仓库的角落里教训了一番，骂他是个不知好歹的东西。马吉欧什么也不说，科马尔·本·赛尤布坚持要他说话。但马吉欧正要开口时，他父亲在他脸上看到了某种侮慢的表情，伸手甩了他一巴掌。他双颊通红，流出眼泪，但强忍着不哭出声，一声不吭。科马尔被他的倔脾气惹火了，抓起一根拍打床垫的藤条往儿子的腿肚子上抽下去，马吉欧疼得靠在墙上，跷起了一条腿。他可以反抗，但肯定赢不了。

他们就这样卷起了床垫，用一条塑料绳子绑紧，和柳条垫一起放上牛车。碗架放在车后，盘碟和玻璃杯都放进篮子里用布和枕头包起来了。理发工具收起来藏在一个塞满衣服的大袋子里，和桌椅、铁锅、炉子、碗堆在一起。马吉欧把他的蟋蟀笼子和玻璃珠夹在两个枕头中间，交换来的卡片用橡皮筋捆好，放在他穿着的深红色校服短裤的口袋里。他还穿着一条掉了两颗纽扣的衬衣和不合脚的拖鞋，发硬的红头发没梳，站在牛车边等科马尔扣好后栏板，叫他爬上车。他们就这样告别了那个破旧的家。

如果他回忆起一生中最悲哀的日子，肯定会是那个时候。马吉欧可以看到母亲把委屈的脸掩藏在一条从来没用过的面纱下，呆呆地坐在科马尔身边。马吉欧不知道她究竟是因为搬家还是因为失去婚戒而不高兴。他一直认为母亲站在他这一边，但她的沉默无语使他认识到她是何等无助。小伙伴们站在科马尔·本·赛尤布那些年一直在那里理发挣钱的廊台上看着马吉欧，看着他一脸沮丧地爬上牛车，坐在床垫上。

新家并不远，但两头母牛慢慢挪步，绕的弯路拉长了旅程。过后马吉欧也可以走回让他魂牵梦绕的旧家看看朋友。但他现在坐在床垫上一句话也不说，有时盯着空中的云朵或者掠过的白鹭，有时转身看看后面蜿蜒曲折通向远方的小路，有时双手撑着下巴看着绵延起伏的稻田。努拉伊妮也不说话，蜷缩在车上遭受耻辱的折磨，路上遇到熟人时也不打招呼。她或许可以像个新娘子那样维护尊严，然而她怀里却抱着一个在车轮吱吱嘎嘎的声响中酣睡不醒的女儿。过后马吉欧对妹妹说她运气真好，在那次耻辱的旅程中睡得那么香甜。

科马尔·本·赛尤布自己直板板地坐着，不时唱唱歌自娱自乐。母牛累了，他们就歇一会儿，喝点水，吃几根香蕉和一点油炸锅巴。

牛车上了一条柏油街道时，科马尔说他们就快到了。回望身后，蜿蜒着两道牛车橡胶边木轮留下的平行的泥迹。他们走到了小镇边缘，那儿有一排漂亮的屋子，就要到新家了。他们看到漆得闪亮发光的铁制围栏、明亮的街灯和信箱。马吉欧兴奋起来，瞟了母亲一眼，希望她对自己的感觉做出回应。但努拉伊妮依然盘坐不动。马吉欧不再看她，转眼望着阳台上的人、种在悬挂着的罐子里的天南星和盘在木柱上的兰花，猜想他们究竟要住在哪座屋子里。

但他们没有停下来，而是转入一条牛车几乎走不过去的小巷里。马吉欧得用力拉住伸出牛车外与围栏碰碰撞撞的碗架。牛走得更慢了，车不断颠簸，穿过被之前那排明亮的屋子遮住的挤得密密麻麻的棚户区和没人料理的园子，最后在一棵落满一地花儿的木棉树下停了下来。131号房就在他们眼前。

"就是这屋子。"科马尔自豪地说，但没得到家人的回应。

屋子比他们以前住的仓库大，长宽各有四十英尺左右，有卧室、厨房和浴室。但马吉欧心里明白，一场暴风就会把它刮跑，一棵倒下的椰子树就会把它压扁。他一眼就看出屋子向一边倾斜，摇摇欲坠。里面光线昏暗，透着一股死亡、潮湿和悲凉的味道。屋顶铺着掉色的红泥瓦，上面长满被太阳晒得发黑的苔藓。马吉欧笃定只要一下雨，雨水就会从屋子中间哗啦哗啦地漏下来。竹编的墙在风中索索发抖，抹在墙上的石灰往下掉，露出里面的竹子。

科马尔拉开前门的门闩，全家人失望无比地站在他后面。夏天的湿气使门膨胀，不容易打开，打开后那该死的门就不容易再关上。屋里有一堆已经一年半没人动过的腐烂的垃圾，散发出浓烈的恶臭味。蛛丝盘缠，老鼠听到人的脚步声到处乱窜。一只受惊的蝙蝠在里面扑哧扑哧地飞舞，好不容易才飞出屋外。窗户打开后微风吹入，蝙蝠和壁虎粪便的味道逐渐消散。

地面只是潮湿的土地，黏糊糊地贴在他们脚下。马吉欧对屋子渗雨的直觉没错。他们不能像以前一样直接在地上铺柳条垫和床垫，得去弄两副床架。

努拉伊妮第一次开口了，说："还有比这更糟的地方吗？"

"噢，闭嘴！虽然它很破，但这是我们自己的家。"科马尔回答。

努拉伊妮应当明白，那枚六克重的金戒指可以买到什么好屋子呢。而且这屋子虽然属于他们，但屋子下面的地却不是他们的。

他们一整个星期都忙着打扫，清除蜘蛛网，抓老鼠和堵鼠洞。科马尔借来一把锄头把地整平，扫掉地上的动物粪便，和马吉欧爬上屋顶修整被风和鸽子弄松的瓦片。马吉欧的憎恶更深了。然而除了按父亲说的去做，他无能为力，不然就得再挨打。他们也得割除棕榈类和苔藓类植物，砍掉院子后面水井边的刺桐。

幸运的是他们有一口水井，虽然得先把它清洗一遍，再装上绳索和打水桶。卧室是屋子里最奢侈的房间，地基用和着瓷砖残片的水泥打成。他们花了一个月时间才修好了堵塞的厕所，在此之前只能在可可种植园里或者砖厂后面的一条小水渠边方便。屋子有两间卧室，有一天科马尔买来两张木床，一张他与努拉伊妮、小玛梅一起睡，一张给马吉欧。后来他又改变了这种安排，一张给努拉伊妮和小玛梅睡，一张他自己睡。马吉欧则睡在厅里的矮沙发上、守夜值班的小茅屋里、礼拜室或者阿古斯·索扬的小摊上。

屋子下面的土地属于一个名叫马·拉比的老妇人，她和安沃尔·萨达特的妻子卡莎一样，拥有一大片连绵几个村庄的土地。大路两边的漂亮房子都是在原先土地主人的地块上建起的。那是以前发生的事，一些人家在小镇里进进出出，带着预制好的房屋框架来，又随时拆下打包带走。有些住在小路上的新来的人从没告诉马·拉比他们要占地建屋，直到老妇人亲眼看到白房子在那里耸立，前院点缀着美丽的茉莉花时才明白发生了什么事。如果占地者决定搬走，他们只需卸下竹墙，卷起来和房子的木框一起带走，然后又会有人来占据空闲的地盘。

"我们就在这里坐着等马·拉比把我们踢出去，然后卷起铺盖再一次滚蛋吧。"努拉伊妮在他们把房子弄得可以住下来以后这样说。

马·拉比一生中从没赶走过一个人。那些人家随心所欲地来来去去。这老妇人也从没收过租金或叫人去收税。她喜欢聊天，和女人们几小时几小时地说笑。她是个善良的老兵的遗孀，那些占地者只是每逢开斋节送几罐饼干到她家作为补偿。她自己从不开口要，因为她那口腐烂的老牙没法啃那些东西。

很多年以前，这个地区还是一片灌木密林，只有一些渔民住在海边，土地根本没有主人。第一批定居者是一伙流民，他们在地上立下界桩，自己分地。据说那是骑着驴子来的十二个人，他们勇敢地赶跑野猪和豺狗，第一次在这里盖房筑屋，成为这片一眼望不到边的土地的主人，让聚居在河流边的渔民们敬畏。他们清除灌木，开垦稻田，成为人们记忆中的这个镇子的创建者。

他们从渔村和其他地方娶来漂亮女人，生儿育女，他们的孩子又继承了这片土地，包括农场、稻田和可可种植园。卡莎是一个立桩分地者家族的第四代后人，而马·拉比是另一个家族的第三代后人。她的土地分给了堂表兄弟姐妹后，仍然多得没法测量出来。据说科马尔·本·赛尤布到这里定居时，界桩还像刚打上去时那样立着。

共和国建立初期，马·拉比还是个姑娘。她嫁给了一名军人，他们以参与军队控制的公开走私活动为生，过着非常富裕的生活，根本不需要依赖土地。这种走私活动从革命时期持续到革命结束之后，萨达拉少校就是一个见证者。因此大片大片的土地掌握在两个可能完全忘记了这片土地的存在的人手里。白茅和芦苇又开始疯狂生长，小镇又变了个样。新来的人吃惊地发现还有这么一大片荒芜的地方。他们去找马·拉比，想承租或购买土地，但她并不缺钱，就让他们免费住下。然而大路边有些屋子的主人坚持要付钱，因为他们不希望受到打扰或被赶走，而且他们也付得起。

马·拉比和丈夫一共生下八个孩子，镇里的人都知道他们个个雄心勃勃、事业有成。有个孩子建了第一家电影院，每天放映三场电影。另一个孩子开了家油炸圈饼店，号称卖的是"世界上最好的圈饼"。还有一个办了一家虾厂，其实主要是从半个南部沿海地区的渔民手里收购鱼虾，然后转卖到其他国家，人们把他那些大水池和冷藏箱叫作"工厂"。这八个孩子都开着锃亮的汽车，成为镇里的名流，也成为那些住在他们母亲地盘上的人的噩梦。

父亲去世后不久，八个儿女就开始争夺土地继承权，全然不顾这些土地属于他们还在世的母亲。大儿子赶走了一个在那里住了十八年的家庭，不管他们如何恳求，他丝毫不妥协。他准备在那块地上建一座制冰工厂，那一家人只好拆了房子搬走。眼红的弟妹们有样学样，相继赶走了几户人家，盖起商店和工厂，挖了鱼塘，或干脆让一些土地沦为鬼魂出没的坟地。他们立下新的界桩，没和母亲商量就私分了土地。

没人向马·拉比抱怨这些事，但她可以从住户的眼神中看出问题。她像一位和蔼的女王一样，一直喜欢在她的领地上出巡，挨家挨户地和人们聊天。现在那八个忘恩负义的儿女令她感到吃惊，她责骂他们不和她商量就把人赶走。但他们比老妇人还固执，心肠坏得令她难以想象，不仅拒不道歉，反而变本加厉驱赶住户。

儿女们深深伤害了老妇人，她对很多人说："帮我想个办法，我不想让他们成为我的财产继承人。"

有一天她突然有了灵感，走访一户又一户人家，和男人女人们坐着聊天，告诉他们她想卖地，他们可以付钱买他们屋子下面的土地。包括科马尔在内的每个住户都希望有块属于自己的地，但没几个人有钱。走访过一些人家后，马·拉比想到了一个显然是最简单的解决办法。

"我要尽可能便宜地卖地。"

对于科马尔来说，"便宜"意味着他要理一百二十次头发，才能买下他的房子和前面小院所占的土地。他们已经在那里住了八年，科马尔也一直存钱，想赎回他抵押出去的那枚婚戒，尽管直到他去世时仍然无力实现心愿。邻居们纷纷取出微薄的存款，向镇里的放贷人马可加借钱，卖掉摩托车或项链，在一年内那些地块都易手了。

地契拟好了，签字，按上了老妇人的手印，贴上了印花税票。至此，人们的忧虑消失了。他们不会被逼着拆除屋子打包搬家了。他们像对待学位证书那样把地契镶在镜框里，挂在客厅的墙上，那是他们最珍贵的财产。他们也更爱马·拉比了，却只能继续用那罐她并不想要的饼干表达心意。

人们付出的只是一小笔钱，但累积起来就是巨额的财富。马·拉比从来没想过自己真的会变富有，但现在钱就真真实实地堆在她的床铺下。即使她想把钱藏起来也不知道要藏在哪里。她担心儿女们知道她家里到处是钱，就想出了一个办法。她所做的事在之后几年里一直是镇里的轰动性事件，并将成为镇里的人一代接一代口口相传的神话。

马·拉比在去世前到海边放走了一对马儿，马儿性格温和，很得孩子们的喜欢。她买了一辆公共汽车，因为人们说，她从小就喜欢坐公共汽车。但她不会开，那辆车就放在屋子后面当鸡窝。有一天她没有和儿子打招呼就去他开的电影院，买下所有的票自己一个人坐着看电影。每个人都记得那电影的名字，因为她在接下来的两天中买了更多的票，让大家免费进去看。这种挥霍还不能让她满足，她又去服装店买了五套结婚礼服，只在当天穿了其中的一套睡了一觉，在死的时候穿了另一套。她买来一大袋面包和一些小孩子一起吃，然后出去骑自行车，没吃完的面包再在路上吃掉。她自己蹬车回家，一路咯咯咯地大笑。

　　她的儿女们又多次企图拆掉几间屋子，直到都失败后他们才发现究竟出了什么事。屋主高高举起镶在镜框里的地契拒不搬走。此后他们又看到马儿在野外奔跑，惊恐地发现公共汽车里满是鸡屎。电影院经理火上浇油，向他们抱怨马·拉比的所作所为。儿女们带着满腔怒火坐下来一起商量，想攫取剩下的东西。他们拟了一封长信，说要由他们继承母亲的一切财产，逼她在上面按手印。老妇人不高兴地摇头拒绝了。

　　人们同样会永远记住那天早上，马·拉比拒绝了儿女们的要求，最后一次穿上了婚纱，坐在屋子前院里的一条小板凳上，一小块一小块地啃着土。有人想阻止她，但她坚持说让她吃掉这片土地更好，以免落入那些只关心她的财产而毫不关心她的该死的儿女的手里。她一直用手捧着土放进嘴里，有人急忙跑去告诉她的儿女，也向警察和驻军报告了这件事。但他们赶到时，老妇人已经四肢张开倒在了那件缎子和蕾丝做的漂亮婚纱上，浑身冰凉，不省人事。有人说她吞了一把碎石，喘不过气就死了。马·拉比誓死捍卫土地的事成了一个传奇。

这就是科马尔拥有自己的屋子和土地的故事。他一直对自己的好运感到惊奇。虽然还是毫无疑问的贫穷，他却自认为进入了一直无法企及的富裕阶层。现在他不再在廊台上理发，而是去市场上摆摊，把自行车放在一棵杏树下，和卖鸡、卖面条的摊子摆在一起等待顾客光临。后来一个摊贩把那地方接手，晚上卖热热的甜椰奶。

好运归好运，马吉欧和努拉伊妮却一直记得他们当初对有如鬼窟的131号房有多失望，这场交易也没有给玛梅这个小女孩带来快乐。实际上，在八年中生活并没有多大改变，只是马吉欧和玛梅都长大了，努拉伊妮则变得更沉默寡言更邋遢。

从孩提时代开始就认识她的人可以看出她现在的境况有多么糟糕。人们只需看看她那张长期有效的身份证上结婚时照的相片，就知道她当年有多么漂亮。一头卷发，圆圆的、微胖的双颊，两眸发光、炯炯有神。现在她美貌不再，眼睛灰暗无神，两颊深陷，皮肤失去弹性，脸色苍白。没有什么比她那被时光摧残的外貌更能表达她的不满，对此科马尔心里非常清楚。当他告诉努拉伊妮那块地已经属于他们时，她并不比见到他带两三公斤米回家更激动。

"至少你现在可以种种花，没人会来砍掉它们。"科马尔说，想要引起她的兴致。

可是他却从未成功引起过这种兴致。努拉伊妮照样避开他，躲在厨房里不愿露面，一直坐在炉子前面的小凳上。科马尔对她的新习惯已经习以为常。他见妻子对着炉子和锅喃喃自语，起先以为她只是在低声地呻吟，发出一些不想让人听懂的声音而已。但随着时光的推移，他明白了，努拉伊妮实际上是在和这些不会动的东西谈心，同它们进行一种没人可以明白的对话。

从此他觉得妻子脑子出了问题。开始他觉得努拉伊妮只是装疯而已，因为在多数时间里她的举止正常，也可以被哄着聊天。她依然抱怨着这事那事，要孩子做家务，责骂玛梅忘记打扫屋子，或让马吉欧高声喊叫赶飞白鹭。但她后来经常恍惚不定，只沉浸在自己的世界里。科马尔觉得她是真的疯了，而且越来越严重，玛梅和马吉欧也开始感觉到这一点。

　　他快三十岁时娶了十六岁的努拉伊妮。一场父母之命的姻缘，这在村里再平常不过，他们订婚四年后才结婚。那天老赛尤布带着一桶大米、几捆面条和一条黑色围巾，代表儿子科马尔到努拉伊妮家提亲。她当时还是个小姑娘，乳房刚刚开始凸出，两腿间正要长毛。当然，两家的父亲早就商量过这事，提亲只不过是个形式而已。他们说好，等到努拉伊妮可以生孩子时就去离家最近的礼拜室与科马尔结婚。当时在场的是老赛尤布和姑娘的父亲、他们的妻子和一些亲朋好友。科马尔却没有露面，也许他和当地的年轻人一样，正在某个大城市里找活干。努拉伊妮也没有露面，她也许出门去水塘边洗衣服，也许正和朋友们一起捞河蛤。

　　黄昏时姑娘才知道这件事。她父亲说："宝贝女儿，以后你要嫁给科马尔·本·赛尤布。"

　　她根本不认识这男人，他只是村里的某个人而已，没法把名和脸对上号。但她也没感到惊奇，因为本来就对结婚没什么期望。她和所有姑娘一样，一直在等着某一天父亲告诉她得嫁给某个人，她也没有自己喜欢的男人。可是，这消息本身还是会让这个十二岁的小姑娘感到高兴，尽管心里对接下来要发生的事有点害怕，但至少现在努拉伊妮可以悄悄地告诉闺蜜，说她已经有了未婚夫。让年过十二的姑娘最难堪的事就是还不知道将来要嫁给谁。

很多事情在那天晚上过后都随之改变，因为小姑娘努拉伊妮已经变成一个年轻的女人。母亲给她买来眉笔和深红色的唇膏，也不再允许她开始凸起的乳房暴露出来让山村间的微风吹拂。消息迅速传开了，亲朋好友们都知道这个姑娘的命运要和科马尔·本·赛尤布捆绑在一起，都为她感到高兴。

她不再和父亲下田，站在两头水牛慢慢拉着的深深吃进泥里的犁头上，让泥水溅满一脸；也不再和其他放牛羊的小孩一起，赶着两只羊去山边的草地，回家时扛两根当柴烧的椰树叶。她不再做这些事了。现在这些都由兄弟们去做，她只是和母亲待在一起，每天早上升炉煮饭，学做最好吃的咖喱菜。她有时也去田里，但不是去耕田，而是去播撒在水里泡了一整晚的稻种。稻种长成秧苗后她和其他女人一起拔秧，然后顺着父亲和兄弟们在泥田里画出来的棋盘一样的横线和纵线插秧。待水稻长高，男人们又往稻田里撒肥，让稻田保持一定的水量，她和母亲则提着篮子把饭菜送到河边的一间小茅屋里。她会和母亲一起回到稻田里清除杂草和水藻，稻子成熟后还要帮忙用割棕刀割稻，后来她家才改用镰刀。同时，努拉伊妮要照顾自己的身子，让它发育成熟，要注意言谈举止，因为她现在已经有了未婚夫，准备嫁人了。

科马尔这个年纪的男人在家乡没有什么事可做，他按照当地的习俗，年过二十就离开村庄谋生。老赛尤布有几块旱地和水田，但他和妻子两人就能照料过来，不需要其他人帮忙，而且他还可以兼任村里唯一的理发匠。科马尔学了几次理发，用剃须刀刮胡子，然后顶替他父亲试剃了几次后，就和一个朋友出门了，以理发为生。一开始他当然不愿意当个理发匠，而是希望像其他年轻人一样，在某家工厂里找点事做。

他每年在开斋节前回家一次，许多年轻人和在外面漂泊的家庭都这样。在这个返家的节日里，手提箱子、肩背背包的返乡人会挤满乡间小道。他头发上抹着润发油，运动衬衣的袖子卷到手肘之上，灯芯绒裤子上还带有理发店的味道，腕上戴一块手表，脚上穿一双黑皮鞋，在满是泥洼的路上小心翼翼地走着。

他的大包里装着给老赛尤布的烟叶，给他母亲的一块印花布，给几个妹妹的漂亮袍子，除此之外，因为他听说自己已经订婚，所以还有一件给未婚妻的礼物。对他而言努拉伊妮也是个陌生人，但听说她长得漂亮，所以认可了这桩姻缘。他还记得这个姑娘出生的那一天，他还在她家附近玩着，看到人们期待地聚在那里等待婴儿出生。努拉伊妮上小学的学校离他家不远，她上学时他见过她几次。在他的印象中，她有一头长长的黑色卷发，用一条丝带束着，鼻梁尖尖的，脸圆圆胖胖的，一双大眼滴溜溜打转。知道父亲为他选择了这门亲事后，科马尔每天晚上都梦到未婚妻，决定比往年早点返乡。

他们在开斋节的前一晚见了面。科马尔送给她一罐饼干和一个漂亮的粉红色钱包，还害羞地送给她一张自己的相片。相片中的他站在停车场上一部显然不是他自己的大众汽车前，双手半插在裤袋里，看上去有点局促不安，但表情相当地快乐和自豪，似乎没人能摆出比这更好的姿势，选个更好的背景。

整个开斋节期间他们都黏在一起，一家家邻居和亲戚拜访过去，像其他刚相过亲的男女一样，吹嘘他们很快就要成亲。科马尔和努拉伊妮肩并肩走着，停下来和熟人打招呼，因快乐和难堪而羞红了脸。努拉伊妮紧紧抓着那个粉红色钱包，科马尔则不知道手要放在何处，先是插在灯芯绒裤子口袋里，然后双手交叉抱在胸前，最后倒背在身后，似乎手拉手的时机尚未成熟。轻微的肌肤接触都会令他们颤抖，让他们脸红。

科马尔带她去瓦·杜拉斯的面条摊上品尝肉丸。肉丸很贵，但很好吃。面条摊和其他各种摊子在人们等渡船的河边一溜横摆过去。食客们挤在一起等着，点的肉丸做好后他俩找了一块大石头，坐在上面一手捧碗一手拿勺吃着。有一次科马尔的手晃了一下，一个肉丸溜出碗外，他们为此咯咯直笑，充满爱情刚开始时都应有的温情和爱意。下午他俩和朋友们去瓦·哈吉家的鱼塘钓鱼，然后在一棵李树下的木棚边烤鱼吃。这是当地人的习惯，用香蕉叶包着煮熟的米饭到小山坡上自家的鱼塘里钓鱼，钓到的鱼直接就地煮了吃。几天过去了，两人却总觉得待在一起的时间还不够。

一天晚上，科马尔带着努拉伊妮和一群朋友去村里的剧场看戏。开斋后剧场总是挤满了人，因为除非去很远的另一个镇子，否则村里的人晚上都无事可做。虽然他们早就忘记了那部戏的名字，却一直记得剧情。它说的是一个没心没肺的儿子，就像民间传说中卑微的主人公马林·昆丹，富贵后忘恩负义不认自己的母亲，最后变成了一块石头。售票窗口贴着一张海报，一个男人在地狱里焚烧。他们一生都不会忘记那个晚上，黑暗中他们坐在木板座位上握着彼此的手，第一次肌肤相触。他没有轻轻捏她的手，只是握着，但这足以令他们热血沸腾。晚上回家后，他们都梦到被蛇咬了。

开斋节过后不久，科马尔又得和朋友们一起外出漂泊，挣钱谋生，努拉伊妮两眼泪汪汪地陪他到村公所。她认为自己是真的爱上他了，希望能早日成亲。但科马尔让她相信，他得出门打拼，第二年开斋节时肯定会回来。村公所的地板上堆着大包小包，都是些衣服、菠萝、豌豆和母亲做的让儿子在路上吃的点心。科马尔翻过小山去渡口时，努拉伊妮只对他说了一句每个被抛弃过的姑娘都曾说过的恳求的话："给我写信。"

信件一般都在星期一早上十点左右送到。邮差背着包步行到村公所递信，鞋上总是沾着酱紫色的泥巴。他在村公所受到热情款待，喝完甜茶、吃过土豆条后，再待上半小时，然后原路返回。姑娘们都在村公所前等着收信，有些能收到未婚夫的信，有些则因失望而神情落寞，但仍满怀希望地憧憬着下个星期一。这里面当然也有寄给村里其他人的信，但这类信很少。

科马尔离家后的那个星期一，努拉伊妮天一亮就起来扫地拖地，她希望能早点忙完家务去村公所，盼望收到未婚夫的信。那年头多数房子都建在木桩上，用柳条铺地，所以每天都得擦掉上面的污垢和灰尘。父亲从礼拜室回家时，地板在烛光的照耀下闪闪发亮。努拉伊妮冲到厨房用椰木柴火升起炉子，抓一根竹筒吹气鼓风把火烧起来，再拿木棍把火拨旺，让火苗跳跃。她把水烧热等着它滚开，淘好了米，然后把接下来的事交给母亲去做，自己急着赶去水塘边洗衣服和脏碗碟。

这姑娘那天手脚利落，一手提着一篮要洗的衣服，一手提着装脏碗碟的桶。泉水顺着竹管从几英里外的山上涌进水塘，一道齐胸高的竹墙围着，顶上遮着糖棕树叶，算是浴室。她家在洗澡和洗衣洗碗的水塘边还有一个鱼塘，姑娘洗衣洗碗时，父亲就在鱼塘边采芋叶喂鱼。

太阳高高升起，努拉伊妮洗完衣服和碗碟，把剩饭剩菜撒进鱼塘。鱼群在水面上翻腾，争先恐后地抢食。大地上铺洒着阳光，有些村民穿着破衬衣和旧短裤，扛着锄头锄地，有些人用砍刀砍柴。一团雾气升上山顶，姑娘们隔着鱼塘说话，刺耳的声音盖过麻雀和啄木鸟的叫声。头戴帽子的小学生成排走过鱼塘边，往水里扔石头，背上的书包一晃一晃的。

努拉伊妮脱下衣服扔上竹墙头。竹墙没能挡住全身，她用一条毛巾稍微遮住浴室入口。她双手抱膝，坐在从竹管口涌出来的四处喷溅的泉水下，湿透的头发沾在身上。她冲掉汗水，沐浴使她精神焕发。她用肥皂擦身，检查每个脚趾间的缝隙，搓掉身上的污垢，接着用芦荟洗发，安坐在喷泉下刷牙。

从其他水塘里传来的姑娘们的说话声小了，她们准备离开，也许有些人已经在村公所的走廊上等着邮差了。努拉伊妮走出棚子擦身，用一条毛巾裹住身子，不让大腿和还没有发育成熟的乳房露出来。她绾起头发，一手提着洗好的衣服，一手抓住装着洗得发亮的碗碟、玻璃杯和其他东西的桶，踩着猫步走在田埂上。太阳冉冉升起，阳光下的努拉伊妮美丽动人，但她并不知道自己有多美。

十点前努拉伊妮已经在村公所里等着了，湿湿的头发编成两条整齐的辫子，各用一个褪了色的黄色发卡卡住。她猜得没错，其他姑娘早已挤在公示板下的长椅上，那上面还写着上星期开斋节期间的日程安排和其他早已被人忘记的消息。一些没位子坐的姑娘则聚在竹栏边的玉叶金花树下。努拉伊妮站过去，和她们聊着开斋节期间的各种趣事。

但她心里一直想着信，因为这是她有生以来第一次等着收一封男人寄给她的信。她的心怦怦直跳。这第一封信会带来什么样的惊喜？也许他的字很难看，但仅此一点就足以使她内心激动；也许里面还撒了香粉，她的闺蜜奈娅·斯丽的男友就在信里撒过香粉。

接下来发生的事出乎她意料。精疲力竭的邮差带来一沓用橡皮筋绑住的信。他用旧报纸扇凉时，姑娘们把信摊在了桌子上。一些姑娘在红蓝色条纹镶边的信封上找到了她们的名字，大声尖叫起来，那些没收到信的人鼻子里发出哼哼声表示失望。努拉伊妮和几个姑娘反复翻看着剩下的几封没人拿的信，多数是寄给村长或者孩子们寄给父母的。她站在那里呆呆地看着散乱的信封，眼泪几乎都快掉下来了。没有她的信。她双眼通红，一声不吭地走回家，发疯地期待着下一个星期一。她从来没有经历过这种痛苦，这全都是因为那个科马尔。

第二个星期她仍然没收到信，内心非常不安，再接下来的几个星期里，科马尔依旧音讯杳然。其他姑娘可能会一两个星期收不到信，但一个月里至少都会有那么一两封。有些人还会收到礼物。一两个姑娘收到要为她们买戒指的钱，另一些人收到写着她们名字的缝纫机，有个姑娘甚至收到过一件结婚礼服，但努拉伊妮什么都没有。

几个痛入心髓的星期过去之后，她再也不去村公所了。以前镶在镜框里放在床头的那张科马尔站在大众汽车前摆拍的相片，现在被她塞在床下一个破箱子里，起先她甚至还想把它撕碎扔进炉子烧掉。她不再期望任何东西了，不想再提起他，更不想让他玩弄自己的想象力进入自己的梦乡。对她来说，如果睡着时他偷偷潜入，那简直就是一场噩梦。

随着时光的推移，她开始怀疑科马尔是否真的爱她，是否想娶她。她对自己说，想想吧，去年的开斋节他也没带她去伊斯兰学校附近的照相馆照张相。他并不想在钱包里放她的相片，只给了她一张也许是用一次性相机从远处照出来的模糊不清的相片。她羡慕那些和男友一起去"谭家兄弟"照相馆照相的姑娘们，那是她们知道的唯一一家中国人开的照相馆。那些姑娘们告诉她，她们穿着鲜亮的衣服，涂脂抹粉，擦上口红，站在聚光灯前，在一张有天鹅的池塘背景图下拍照。

时光把努拉伊妮想嫁人的希望冲荡殆尽。她又变回原来小姑娘的样子，虽然不再去稻田里犁田，不再放羊。她也不再打扮自己，希望哪天运气来了，婚约能取消，然后另一个男人会来提亲，写信给她，带她去照相馆照相，或许还会送给她一枚漂亮的戒指和一台缝纫机，让她可以学着做自己的结婚礼服。

她过着似乎没有未婚夫的日子，还得掩藏痛苦。也许有几个朋友知道内情，但她试图让自己相信，她们忙于她们自己的生活，不会关心有人被未婚夫抛弃了。人们向她打听科马尔的消息时，努拉伊妮会对他们说他很好，但要等下个开斋节才回家。老赛尤布也会亲自来看她，打听他那不懂礼节的儿子的这事那事。她像一个透过镜子跟踪情人的无所不知的巫婆，如果真是那样，她会拿石块砸他，用杵打他，除此以外，她不知如何表达对那个男人的憎恨。

开斋节又快到了，但努拉伊妮并不盼望节日的到来。她告诫自己什么都不要问，甚至没想过要迎接他，如果他来看她，她要像对待一个远方来的想讨点水喝的过客一样对待他。没有思念，没有温柔的感觉。科马尔要为虐待她的行为付出高昂的代价。

　　科马尔终于晃晃荡荡地来了。他头发上依旧抹着油腻腻的润发油，腕上还戴着那一块旧手表，灯芯绒裤子倒是换成了牛仔裤，系着一条人造革皮带，没穿衬衣，而是穿一件T恤。今年他的嘴唇上边和下巴上都留了胡子，看上去邋遢不堪。他没解释为什么没有写信给她，也没有送钱包，只带给她一罐饼干。去年他还很有礼貌，害羞地坐着，现在却变得没脸没皮，坐在她对面跷着二郎腿，随手掏出一根香烟，点燃后让它发出噼噼啪啪的响声，努拉伊妮赶快拿个烟灰缸放到他面前。

　　努拉伊妮只是在他面前的烟灰缸旁边放了杯柠檬水，然后就坐在椅子上玩她的指甲。没有什么奇闻逸事，也没有绵绵情话。科马尔甚至喋喋不休地闲扯着去年到瓦·哈吉家钓鱼的旧事时，打开他带来的那罐饼干，厚颜无耻地塞一片在嘴里嚼了起来。

　　然而无论怎么讨厌他，那天晚上努拉伊妮还是和他一起去剧场看戏，和父母及她未来的公公谈心，以免让他们感觉到她对未婚夫的冷漠。这次他们看的是《奈娅·达西玛》[1]，他们记得这戏名，但记不得演员们的名字，因为那些演出公司在各个村庄里演完后就立马离开了。这是努拉伊妮第三次看戏。她曾经和一群女伴在独立日的狂欢夜去看过另一场不同的戏。他们看戏时一切都还正常，只是科马尔一直想捏她的手。但在路上发生的一些事让她感到恶心。

回家时他们故意放缓脚步，让朋友们走在前面，接着在一个没人的地方科马尔无耻地要努拉伊妮让他亲一下。努拉伊妮被这个突如其来的要求吓坏了，害怕地退缩着，但科马尔抓住她的手不放。

"不！"她说。

科马尔坚持着，说："只轻轻亲一下就好。"

他恳求着："只碰一下。"

似乎只好这样了。大喊大叫起来只会给他们自己带来羞辱，而她也以为科马尔不会做得太过分，因为他们后面有人正朝这个方向走来。他把她推到一棵芙蓉树边，她

---

[1] Nyai Dasima，20 世纪 30 年代根据同名小说改编的印度尼西亚电影。

没说要还是不要，科马尔已经贴到她身上，张开有一股浓重烟味的湿漉漉的嘴含住她的唇轻轻地咬着。事后努拉伊妮恶心得直想吐。

去年他们之间的那种亲密感早已荡然无存，第二天努拉伊妮仍然冷漠。出于礼节，她送他到村公所，那里勾起了她从来没收到信的极为不快的回忆。努拉伊妮不再向他提什么要求，倒是科马尔先开口了。

"你不想知道我是做什么的吗？"

为什么这个男人不在乎她时，她却得关心他是做什么的呢？他音信杳然，她因此一星期接一星期地遭受折磨，这种痛苦深埋内心。努拉伊妮目光犀利，几乎可以说是冷若冰霜地瞪着他，瞥了一眼曾经贴在自己唇上的那张嘴。她终于轻蔑地问道："你是做什么的？"

"理发。"科马尔回答说。

背井离乡只不过去当个理发匠而已，努拉伊妮想。她并不在乎科马尔是个土匪、流氓还是个贼。一整年的失望感已经使她的爱意消失殆尽，她不在乎他是做什么的。努拉伊妮一句话都没说，只是轻轻点头告别，这次她的眼睛也不再发红或者泪水涟涟。科马尔刚在山脚下消失，她马上跑到水塘里面冲澡。他离开后，她才又开始关注自己的容貌。

尽管发生了这些事，十六岁那年，她仍不得不允许自己被众人簇拥着嫁给那个男人。科马尔的礼物是一枚六克重的金戒指，上面刻着他们两人名字的首字母。他一直吹牛说，那是当地一位非常有名的技艺绝佳的雕刻大师的作品。努拉伊妮穿着传统的白衫，发髻高高束起，一脸不屑。而令她失望的是，她的不屑反而被理解为一种谄媚。科马尔身穿一套黑色西装，头戴一顶借来的黑帽，瓦·哈吉以村长的身份主持婚礼。努拉伊妮的父亲宰了一头已经生过五只羊羔的老母羊，挖空了家中的米柜。婚礼上没演木偶戏，但准备了足够的食物可以让宾客带些回家。

从婚礼后的初夜开始，这就是一场充满仇恨的婚姻。当晚，努拉伊妮精疲力竭地躺在床上，身上还穿着白衫，臀部和腿还都紧紧地包在印花布裙里。科马尔欲火中烧，要她脱光衣服行房，但努拉伊妮只是半醒半睡地喊叫着极力抗拒，身上的衣服包得紧紧的。科马尔一句话都不说，霍地脱下自己的衣服，只穿了一条被挺起来的阴茎撑得高高的内裤，推着拽着要弄醒新娘。努拉伊妮在床上翻滚呻吟，伸手抓住长枕。急不可耐的科马尔猛扯她的裙子，把它往下拽，直到妻子的身体暴露出来。拉下裙子后他看到一条带花边的内裤。科马尔压在妻子身上，先是扯下她的内裤，然后扯下自己的，进入她的身体。他们一声不吭地做着，直到两人都觉得痛了，终于睡着了。失去处女之身的努拉伊妮捡起裙子遮在身上，背对着她丈夫，因为感觉疼痛而撑开双腿。

　　一星期后，科马尔开始出门去找他们住的地方。一个月后，他把努拉伊妮带到了星期一市场附近的椰子仓库。他搬来一张床垫、一张饭桌和几张椅子，以及他的理发箱。科马尔还从廊台前的跳蚤市场买来一辆荷兰制造的自行车。努拉伊妮的生活质量大大下降，但她默默忍受，并不抱怨。

　　性生活一直是个问题，努拉伊妮缺少科马尔那种对性的渴望。在欲火焚烧、喉咙发干时，他往往强迫她就范。在那种时候他简直是个野兽，把她摔到床垫上，衣服都不脱就干下去。他有时逼她张开双腿躺在桌子上，有时叫她趴在浴室里。如果努拉伊妮反抗他就痛打她。甩她几个巴掌是常事，有时还踢她漂亮的小腿，让她摔倒在地，不住地打战。这时，科马尔才能强行进入她的身体。

对努拉伊妮来说，被丈夫虐待有如在慢慢等死，但她不知道该怎么办。她从来没想过要离开他回娘家住。如果她回去，娘家人肯定大怒。她所能做的只有忍受。有时科马尔也会温柔待她，她的希望便没有全部消失。无论生活如何艰难，她从不自怜自悯，并把这种坚忍的性格遗传给了两个孩子。

马吉欧就是努拉伊妮经受一次暴力的性爱之后怀上的孩子，却也是她莫大的安慰。他的出生使丈夫不再那么野蛮地对待她，也抑制了科马尔的性欲，努拉伊妮因此更爱马吉欧了。他成了夫妻俩快乐的根源。但随着这小孩开始长大、爬地、走路，科马尔的欲望又死灰复燃了。欲火上来时他会颤抖，会趁努拉伊妮不防备时突然抓住她压在身下。他又变成了禽兽。她尽量不让他看到自己的裸体，但什么都无法阻止他。他会利用一切机会扯下她的裙子，褪掉她的内裤，站在门边就屁股一扭一扭地顶进去。过去的状态又恢复了，他用无情的耳光和水瓢暴打妻子以满足欲望。努拉伊妮又怀孕了，比马吉欧小两岁的玛梅出生了。

在仓库生活的八年消磨了努拉伊妮的青春与魅力，她再也不是从前那个年轻美丽的女人了。科马尔向她要结婚戒指去买131号房时，她那冷漠而阴郁的态度更明显了。搬家时她只能以面纱遮脸，掩藏自己的悲伤。

新家改变了努拉伊妮。她的话开始多起来了，但都是抱怨和哀叹。并且这些话不是讲给任何人听的，而是对出嫁以后一直陪伴着她的炉子和锅讲的。炉子铁锈斑斑，外壳坑坑洼洼，炉膛里边更是一团糟。锅在搬家时破了几个洞，后来走街串巷的补锅匠把它补好了。她成天对着炉子和锅喃喃自语，天天指着扭曲变形的竹墙咒骂，说它们比牛栏还糟。

这话倒是提醒了科马尔。在131号房住下一年后，有一天，他买来一卷卷新竹墙，和马吉欧一起把旧墙换下来。他们辛辛苦苦干了一星期，切割，钉牢，用小楔子加固，拿石灰抹白。整修后的屋子明亮一些了，但努拉伊妮对此无动于衷。不久一场狂风暴雨穿过可可种植园咆哮而来，毁了新墙，季节交替时它们又卷缠成一团，就像波浪汹涌的海面。墙面开裂后石灰粉末落满一地，努拉伊妮伤心地向炉子和锅诉说了这一切。

当然还有其他一些问题。搬家的第一天科马尔修补了一下屋顶，但很多旧瓦片开裂了，屋顶上有一条条缝。下雨天，如果努拉伊妮没有拿桶和盆接水，屋子中间就是水汪汪的一片，地面会变得泥泞不堪。科马尔只好去砖厂买一些新瓦，那就意味着他一天不能去理发。但这也只能暂时解决一下屋内漏水的问题，雨季开始后又有更多的瓦破了，桶和盆又派上了用场，努拉伊妮又开始对着炉子和锅自嘲自讽。

科马尔的屋子怎么弄都不可能像大路边那排漂亮屋子一样，他也明白这点。为了让妻子闭嘴，不再成天唠唠叨叨，科马尔最好的托词就是"只要这块地还是马·拉比的，那我们都无可奈何"。

然而，他们有了自己的土地以后，一切并没有改变。努拉伊妮仍然和锅炉瓢勺交谈，科马尔开始觉得妻子疯了，但这种感觉却从未阻止他继续侵犯她的肉体。

第四章

「她注定有一张非常快乐的脸。」

马吉欧难得见母亲高兴一次，总想做些事来取悦她。他会回到母亲的家乡找一些礼物给她。如果去别人家打零工挣到点钱，马吉欧就会给母亲买十串沙爹酱烤肉或一双人字拖鞋，让她从忧伤中暂时缓过来。但这都没多大效果，当他意识到这点时，他把问题的根源都归结到科马尔身上。

那时科马尔经常当着孩子的面殴打努拉伊妮，打得她青一块紫一块。马吉欧还太小，没法干预，他自己也经常被打。他和啃着衣服褶边的玛梅倚门站着，看着努拉伊妮缩在角落里，科马尔手拿藤条掸子跨在她身上。科马尔经常找碴儿，用藤条掸子打她。

有时他在门外打，努拉伊妮就四处乱跑让邻居们都看到。科马尔怒火冲天追在后面，她只好跑进别人家躲避。但科马尔总是追进去，有一次还把别人家的门都砸破了。他会把她甩到地上猛踢她的腿。在一旁看着的邻居们只是用手抹抹胸，马吉欧则把脸转开。只有玛梅会哭，事后都会在母亲的怀里哭很久。

　　母亲的固执开始在马吉欧身上体现出来。他不会和科马尔对打，但会故意刺激他，逼他拿起藤条。有时科马尔不喜欢马吉欧去爷爷的村子，但马吉欧坚持要去。他会在星期六下午一声不响地离家，星期天夜里再回来。这让科马尔火冒三丈，痛打他一顿不算，还要把他按到水池里，扯他的耳朵，用椰子壳砸他。第二天马吉欧只得跛着脚走路去上学。科马尔一看到这孩子安静地玩着玻璃珠、交换来的卡片和蟋蟀时就会产生莫名其妙的嫉妒感。马吉欧对科马尔的抱怨越来越无所谓，他会慢慢让科马尔失去耐性，直到忍不住打他。人们都知道马吉欧从不还手，只是静静地和那些玩具待着，然后科马尔就会把玩具抢过去扔到垃圾堆里。马吉欧会再把它们捡回来，于是科马尔就追出去，拽着马吉欧的一只脚，将四肢张开趴在地上的孩子硬生生地拖回家。马吉欧接着会被拉起来扔进屋里,重重地往椅子腿上摔。这孩子只是扮个鬼脸,觉得还没打够的科马尔就再冲上去,抓着他的头发把头往木桩上撞。有一次马吉欧额头上鲜血直流,但这孩子仍然没有屈服。

脾气温和的玛梅也没少挨藤条掸子抽,野猫从科马尔身边走过也会被打一下。只有在科马尔骑自行车去市场的理发摊之后到他回家之前的这段时间,家里才会安宁一阵子。

从马·拉比那里买下土地以后,科马尔决定铺水泥地板,这是他最后一次尝试让努拉伊妮安静下来,也要马吉欧帮他忙。那时马吉欧十五岁,参加了萨达拉少校的捕野猪队伍,身体很壮,有力气搅拌水泥。他们在星期天时做这事,科马尔在水泥里掺石灰,让它更黏一点,马吉欧在一旁用力搅拌。努拉伊妮给他们端甜茶,剥香蕉,做土豆甜饼,但对科马尔的大工程并不感兴趣。

水泥地板的效果要一段时间后才能慢慢显示出来。首先是客厅,他们铺上木板等待水泥变干;然后,第二个星期天铺两间卧室。四个星期后,硬水泥地面一直延伸到厨房里和阳台上。玛梅可以和朋友们坐在地上或者躺在垫子上玩宝石棋①了。科马尔开始变得慈爱了，夸马吉欧做得好，但努拉伊妮对他仍然冷冰冰的，无动于衷。

五个月后他们发现地面出现了一道裂缝。起先科马尔认为肯定是水泥里掺了生石灰的缘故，确定情况不会变得更糟。但裂缝越来越大，到月底时成了一个洞，似乎是一枚五吨重的钢球在地上砸出来的。一个邻居说那也许是因为湿气，另一个说也许这里以前有个垃圾坑或水井。再后来，大大小小的洞开始冒出来了，客厅里一个，厨房里两个，卧室里还有几个小的。

和做竹墙、铺瓦片时一样，努拉伊妮和厨房里的各种厨具窃窃私语，庆祝科马尔工程的失败。听到这些话时马吉欧只好转身走开，因为他知道，如果科马尔的忍耐到了极限，就会把努拉伊妮拉进卧室里暴揍，或者把她摔到炉子上。

他家是个疯人院。马吉欧不得不承认，他一生都无

---

① mancala，非洲棋的现代化、商品化版本。

法理解父母之间的关系，两个想方设法互相折磨的人怎么可以这样生活在一起？从科马尔的角度考虑，马吉欧不知道他如何能忍受努拉伊妮的蔑视和伤人的自言自语；而从母亲、妹妹和他的角度考虑，科马尔则是个彻头彻尾的浑蛋，这个男人随时都可以挥拳殴打家人，每天都逼得他们简直没法活下去。到最后科马尔也无可奈何了，对着努拉伊妮大喊大叫："这个家的一切都是因为你！"而日子也只能这样过下去了。科马尔开始忙着养鸡喂兔，他还养了一只斗鸡带到斗鸡场去斗，养了鸽子在足球场或者废弃的火车站参加赛鸽活动。

科马尔不再掺和装修屋子的事情后，努拉伊妮开始有点兴致布置这个家了，但马吉欧和玛梅很快就发现她的装饰风格非常怪。有一天她剪下一些旧挂历，把泰姬陵和女演员梅丽安·贝利娜的图片贴在接待客人的客厅的木椅上方。她也剪下马吉欧不再用了的绘画课本，找出马吉欧画得很难看的风景画和一些他写的字挂在门边的墙上。马吉欧和玛梅都没说什么，担心说了只会让她更伤心，但很明显，她所做的这些事也没能让她自己快乐起来。

有一天，一个老邻居送给她一株黄蔓花苗。她家院子里一直没种什么，只是个让孩子们玩玻璃珠的地方。现在种上花苗，马吉欧看了很高兴，虽然玩玻璃珠的地方没有了，但终于有件小事能使母亲分心，让她每天早上都起来给花苗浇水。黄蔓刚开始长枝生叶，又有人送给她一束金露花花苗。她把它们种成了院子四周生机勃勃的围栏，只留下一个窄窄的入口让人们可以进出屋子。看她那样用心侍弄着金露花，玛梅有时会想，比起关心孩子们，她更关心那些花儿。

黄蔓和金露花蓬勃生长，越来越高，越来越绿，她又栽下一种又一种花木。厨房边是茉莉花，四簇玫瑰紧紧挨着金露花，然后是玉叶花。千日红在屋外的水沟边叶茂花繁，马缨丹爬上阳台布满裂缝的墙，野百合在垃圾坑边盛开。她又从结籽的马缨丹上面摘取花籽，把它们撒在院子东边。于是他们有了镇里最大的花园，足以令花店逊色，因为努拉伊妮甚至种下了胭脂树和其他需要不断浇水的花。

牵牛花沿着靠在木棉树边的竹竿攀缘直上，芙蓉和仙丹花也都种上了，院子狭窄的空间变得更小。还有马吉欧从学校带回来的叶子花，几株种在椰子壳里的兰花悬挂在房梁上。科马尔敬畏地看着四处蔓延的花儿，以为妻子在装饰他们的房子，希望种花可以让她的性格变好。雨季来临，花木更加郁郁葱葱，有些开始发芽了。百花争艳，草木浓绿，马吉欧和父亲一样看到了努拉伊妮的变化，希望院子繁花似锦时能让她悦目怡心。

他们后来发现，这些植物长得太快了，本来期待这个漂亮的花园可以装点他们的屋子，现在却变成了一片丛林，无处不是花木。几个月后黄蔓狂长，枝芽盘踞屋顶，鲜艳的黄花与蓝天竞美，吸引了无数蝴蝶。厨房墙边的白色茉莉花和黑绿色的背景形成强烈对比，有如夜空中的繁星。和长成牢固围栏的金露花一样，一切都在迅速蔓延。

花园和杂乱的灌木丛没什么两样，马吉欧把它称作"荒野丛林"。叶儿凋谢或挤在一起争抢光线。科马尔意识到他错误判断了努拉伊妮的目的，开始恶意地对待这些植物。从理发摊回来时他让自行车轮胎碾过金露花，或把自行车推到玫瑰丛中。这种做法虐杀了一些植物，有些凋谢了，但更增加了院子里的杂乱感。两年内没人可以再看得到屋子的外墙，它们全部被浓密的绿叶遮住了，来访的客人得问前门在哪里。死去的植物肥沃了土壤，活着的长得更好了。

一天玛梅看到一条蛇爬到廊台上，吓得尖叫起来，还好蛇最后被马吉欧一把抓住。那是普通的树蛇，无毒无害，孩子们会抓着它们玩，让它们从手指间溜过，魔术师设法让它们从一个鼻孔钻进去，然后从另一个鼻孔钻出来。这件事后，玛梅想把努拉伊妮的花木砍掉，或者至少把院子恢复成过去那样，有瘦瘦高高的树和修剪得漂漂亮亮的花园。她已经准备好大砍刀和一根木棍，但努拉伊妮拉着她，坚定地对她说："不！"玛梅不想争吵，因为母亲脸上的表情告诉她，她不能容忍任何人去触碰她的荒野丛林。玛梅把砍刀和木棍放回了厨房。

后来玛梅明白了母亲的心思。努拉伊妮想尽量把屋子弄得丑陋无比，让它变成他们第一天所看到的那样，有如废墟。这种用鲜花来毁灭屋子以表达深入骨髓的悲痛的讥讽方式吓坏了玛梅。

从此她不敢再动一下花木。无论她多么想采一朵鲜艳的茉莉花或血红色的玫瑰，却总是因为怕母亲看到而把手缩回去。在她想对花木动手之前，玛梅从没看过努拉伊妮发脾气，愤怒一直是科马尔的特权。她想，如果努拉伊妮动怒，会比父亲日常的野蛮行径导致的后果更为严重。

花木丛不仅变成了蛇和毛毛虫的窝，还有狐狸乱窜，小偷出没。它成了左邻右舍的谈资和笑料，科马尔则继续糟蹋花木。如果有人问她种花干什么，努拉伊妮就应声而答："为了我的葬礼。"

玛梅只看到努拉伊妮摘过一次花，那是玛丽安死后不久。她哼着玛梅听不懂的奇怪歌谣，也许那要追溯到她母亲还是个姑娘的时候。她用手指小心翼翼捏着花放进篮子里，随口哼着忧伤的歌，似乎摘下这些花无异于杀死它们。她对花儿的痛惜和内心因婴儿夭折所带来的空虚同样巨大。

科马尔·本·赛尤布去世时，玛梅像母亲做过的那样，摘花准备葬礼。起先她以为母亲会允许她那么做，因为她只为已经去世的父亲摘了那么一点点，但一看努拉伊妮的脸色就知道她不同意。她已经为那个浑蛋牺牲太多了。但玛梅现在是个大姑娘了，并不总是按照母亲的意愿做事，因此她无视母亲的痛苦，一直摘着花。

马吉欧得出结论，任何事都无法让努拉伊妮高兴起来，种花肯定也不会。只要花木还统治着院子，慢慢把院子变成一片疯狂的丛林，努拉伊妮和炉子、锅头的窃窃私语就不会停止。可是，即使花木丛林不能让她真正快乐起来，它依然给她带来一点安慰，正因为有这么一点好处，平日大大咧咧的马吉欧总是特别小心地对待这些花木。没有什么比它们更能提起母亲的精神。

直到有一天，他非常晚才睡，看了一场关于神秘守护神塞马尔①之死的哇扬皮影戏②。他在守夜值班的小茅屋睡了一会儿，然后在早上回家拿点吃的。他发现母亲面露喜色。他从没见过她这样，双颊焕发光彩，圆圆的双眼比过去明亮，唇上涂了口红，脸上抹着脂粉，看上去水嫩

---

① Semar，爪哇神话中爪哇岛的守护神，经常出现在皮影戏中。

② wayang，印度尼西亚爪哇岛的一种古典皮影偶戏。

而清新。

热米饭、海鱼、椰子和菜汤都摆在饭桌上。母亲通常并不这么早起来做饭，马吉欧只希望找到一些昨晚的剩饭剩菜，所以对家里突然发生的变化大吃一惊。他悄悄问玛梅究竟发生了什么事，然而一直在家的玛梅也同样困惑不解。他们查了日历和节假日期表，发现只不过是一个普通的日子而已。他们不想多管，认为她的好心情到傍晚就会结束。但他们错了，尽管努拉伊妮对科马尔的憎恶一点都没减少，却变得每天都很快乐。

日子一天天过去，她的肚皮一点点鼓起来。马吉欧终于知道究竟是怎么回事了。努拉伊妮怀孕了。他觉得母亲怀的是个女孩，因为人们说，如果一个女人在怀孕期间突然变得特别漂亮，怀的就是女孩。后来玛丽安的出生证明民间的智慧往往是对的。

怀孕的努拉伊妮特别想吃生可可之类的莫名其妙的东西，马吉欧就在倒闭了的种植园里溜达，寻找还结着果的可可树。有时她想喝香蕉树心熬的汤，玛梅就会煮给她吃。

实际上马吉欧和玛梅并不喜欢母亲再怀孕。"想想吧！"马吉欧对妹妹说。他快二十岁了，现在突然又要冒出一个皮肤粉红的弟弟或者妹妹。虽然母亲容光焕发，但马吉欧仍特别关切，担心她年龄太大，不能平安地把孩子生下来。现在她多大了？马吉欧算了一下，她现在至少有三十八岁了。还不算老，而且她明亮闪烁的眼睛显示她找回了一些往日的青春。小伙子很矛盾，他转念一想，她应该还可以再怀几次孩子。

努拉伊妮对科马尔的表现并没有变化。他看到妻子依然对着炉子和锅喃喃自语，但现在的口气变得快乐而幽默，他仍然对妻子漠不关心，没注意到她有任何不同。他是最后一个发现她怀孕的人。

很久以来她一直在安沃尔·萨达特家帮做家务，直到孩子出生前才不再去。科马尔允许她去安沃尔·萨达特家是因为自己家里没有多少事可做。萨达拉少校的妻子经常在孩子回家或者军队的人去家里做客时叫努拉伊妮去帮忙做饭，事后让她带些饭菜回去。她也在一家商店做饭、做蛋糕，但主要在隔壁的安沃尔·萨达特家帮忙。卡莎每天都要去医院上班，下班后也总是很忙，她的两个女儿和寄生虫无异。努拉伊妮会帮他们煮饭炒菜，洗碗碟，熨衣服，照顾梅莎·迪薇的小孩。

每天科马尔吃完早饭骑车去市场的杏树下理发后，努拉伊妮就匆忙赶去卡莎家，不必敲门就可以直接进去，先给婴儿洗个澡，然后把脏衣服拿到浴室，这时梅莎·迪薇和莱拉还横躺在沙发上吸丁香叶香烟。接着努拉伊妮就做午饭，把脏衣服泡在肥皂水里。怀孕并不妨碍她做这些杂事，那也是科马尔没有发现她怀孕的原因。

实际上，马吉欧是家里第一个经常待在安沃尔·萨达特家的人，他经常在那里打零工，从他们搬进131号房时就这样。马吉欧的父亲告诉他要在马·索马的监督下学《古兰经》。那些《古兰经》课成为马吉欧逃离自己无聊的家的最好借口，也为他提供了一个结交新朋友的地方。除此以外，他还发现了其他意想不到的好处。

做完宵礼后他和其他一些孩子挤在安沃尔·萨达特家大窗户边的前廊上看电视。当地没有几户人家有电视机，但安沃尔·萨达特家里有一台，而且允许其他人去看。有时一些男人也会过来坐在椰木椅子上看电视，嘴里叼着烟，吞云吐雾。小孩子们不敢进去，因为安沃尔·萨达特一家都不受打扰地安安静静地坐在电视机前，只有姑娘们嘴里嚼着豌豆。打破这种宁静并不合适，所以他们尽量在距离最近的窗边看。

有时安沃尔·萨达特也会叫他们进去看。他会用一种命令的口气叫他们坐在本来摆放椅子的编织地垫上，或者坐在沙发上。如果他们没什么杂事可做，可能会听他的。但如果有迹象表明安沃尔·萨达特会放录像带，他们肯定会坐下来。那个男人经常去海边那家旅馆的录像出租店租录像带，特别是星期六晚上，他会留下做完礼拜的孩子们和他一起看。这也是为什么马吉欧像熟悉《第一滴血》那样熟悉《功夫少林》。

一天晚上，马吉欧自己一人在安沃尔·萨达特家的窗外坐着。外面大雨如注，其他孩子都跑回家了，但马吉欧仍然待在那里。那天下午科马尔一直在打努拉伊妮，他不想回家，所以继续看下去，打算看完电视后就在礼拜室里睡觉。安沃尔·萨达特一家聊着天，接着有人抱怨说肚子饿了，马吉欧知道他们没做晚饭。看到他坐在阳台上，安沃尔·萨达特走上前问他愿不愿意去市场上买些吃的。虽然已经很晚了，但那里总是会有饮食摊卖些炒丹贝和沙爹酱烤鸡之类的食物，甚至还会有烤鱼。马吉欧还没开口答应，小女儿玛哈拉妮就走出屋子告诉她父亲，她可以去。于是他们撑着一把雨伞，冒雨在黑暗中出发了。

马吉欧从那时候开始为安沃尔·萨达特做零工，更重要的是，那是他和同龄的玛哈拉妮神秘关系的开端。安沃尔·萨达特没有儿子，他是家里唯一的男性，每次需要做什么费力的事时就会走到131号房叫马吉欧帮忙。马吉欧可以扛一大袋米到储藏间，修理屋顶的雨槽，砍掉屋子前院的灌木。他做完这些事后安沃尔·萨达特总会给他一点钱，有时还会留他一起吃饭，在开斋节前送他新短裤和新鞋。后来安沃尔·萨达特叫他问问他母亲能不能来帮忙做饭，因此他就把努拉伊妮带过去了。

安沃尔·萨达特也为努拉伊妮提供了一种逃离方式，使她脱离了不可修复的破碎的家庭生活。即使卡莎不付钱，不管得干多少活，她都喜欢去安沃尔·萨达特家，只要有碗饭和几块肉就够了。她在安沃尔·萨达特家里可以听到他在书房里弹奏的忧伤的歌，欣赏他那两个漂亮但堕落的女儿。她从不会因为这两个姑娘叫她做这事那事而感到心烦。莱拉没完没了地要她帮忙按摩，而梅莎·迪薇只要想吃面条，努拉伊妮都会快乐地照吩咐去做。在这个家里努拉伊妮从没对着炉子自言自语，她身上又有了一些过去的柔情。

随着时间的推移，这些杂事成了她日常生活的一部分，安沃尔·萨达特和卡莎不必再叫她，她自己就会像从天花板上掉下来那样突然出现。她有时早晨就来了，问卡莎需不需要她帮做早饭。通常都是卡莎自己做早饭，但如果她想偷一下懒，就会把做早饭的事交给努拉伊妮。

努拉伊妮喜欢这个家甚于她自己的家。她不是房主，却比他们更细心地擦地板，用小块抹布擦地砖的边缘，像猫舔舐爪子那样不放过一粒灰尘。她把窗子擦得通透明亮，玻璃好似都消失了，甲虫和飞蛾直直地飞过来，猛地撞在上面。她从不这样擦 131 号房那两扇窗子，科马尔和马吉欧在用石灰抹墙时把它们弄得灰溜溜的。努拉伊妮也从不让院里的花木枯萎，这更使卡莎感到高兴。她留着努拉伊妮，就像拥有一个情愿不收一分钱而为她工作的忠实仆人。

她在这个家里受到的友善对待和科马尔的野蛮形成强烈对比。科马尔清楚地知道努拉伊妮在那个家里很快乐，并对此感到嫉妒。回家后他会用平时那些残忍的方式惩罚她，用藤条掸子抽打她，在晚上强奸她。他越来越轻蔑地对待她的肉体。然而他无法阻止她出门，因为他也得出去工作。当他知道安沃尔·萨达特和卡莎付给努拉伊妮和马吉欧的钱比他挣的还多时，就知道自己对她的占有权正在消失。他无法阻止他们，只能以让人越来越讨厌的方式来回应。

努拉伊妮所受到的友善对待搅乱了她的内心，使她失去了理智。并不是她近于无私的奉献——想对难得的善意做出诚心回报——使她沦落，而是因为安沃尔·萨达特追逐女色的本性被她残存的、他妻子年轻时从未拥有过的美貌所触动，使努拉伊妮陷入幸福的深渊。

有一天努拉伊妮正站在一张桌子边剥洋葱，随着沸腾的水声哼歌，这时安沃尔·萨达特走过来捏了一下她的屁股。她吓了一大跳。她听到过别人对这个男人的议论，说他是一只抑制不住自己本性的色狼。她两眼圆睁转过身瞪着他，但她看到的不是色欲，而是一张文雅的脸上绽放的孩童般的纯真微笑。她愤怒不起来。面对如此亲切的表情，她只能嘘的一声把他赶走，告诉他说这样并不合适，特别是他的女儿有可能会看到。

她在安沃尔·萨达特那里时，他的两个女儿很少露面。莱拉经常出门，梅莎·迪薇喜欢赖床不起。由于努拉伊妮没有对他发火，安沃尔·萨达特养成了习惯，一有机会就捏捏或拍拍她的屁股。努拉伊妮不再转身大眼瞪他，而是觉得脸红，嘴角露出一种令人难以猜测的克制的微笑。她觉得那是友好的举动，一种她以前从没经历过的关注。她的脸霍地红了，可能因为她喜欢这样，虽然她也觉得那样有些粗鲁。每次那个男人带着那种挑逗性的笑容走过来时，她便觉得胸部受到刺激，不安地等着他把手伸过去摸她。

有一次安沃尔·萨达特不仅像捏水果那样捏她的屁

股，还站在她身后做了别的。当时她正站着挑拣一捆被虫咬过的菠菜，感觉到他在对着她的头发和后颈呼气。她惊呆了，全身都僵住了。安沃尔·萨达特摩挲着她的衣服，抓住她的屁股。她不知道他接下去要干什么，她应当对此做出什么反应。安沃尔·萨达特慢慢把自己的身子靠上去，轻轻把她压在桌边。她没勇气扭头，因为如果一扭头，两人就会脸贴着脸，四目相对，鼻尖相碰。努拉伊妮颤抖着，发冷的手垂下去，菠菜梗撒满桌面。安沃尔·萨达特从她背后靠过去，紧紧压着她的屁股。他松开抓着她紧实的屁股的一只手，另一只手抚摩她的胸部，令她觉得有种刺激的温暖。他上上下下、前前后后地抚摩着努拉伊妮，她的心都酥了，气都喘不过来。

她无力抗拒。安沃尔·萨达特知道这肉体已经属于他了，手继续往下摸，拽着她的裙子慢慢往上拉，伸进去摸她那滚圆的臀部。他把裙子拉上去后用食指钩住裙边，慢悠悠地把手探进去，肉体的接触令她毛发皆竖。他的手指上下移动，忽左忽右，在四周旋转。突然间她清醒过来，四肢冰凉，身体因惊恐而发抖。

她整好衣服，一把甩开安沃尔·萨达特的手，轻轻用后肘把那个男人推离她的后背。她的抗拒是温柔的，有点暧昧。安沃尔·萨达特利用这个机会又摸了一把她的臀部，然后退开，接受了时机尚未成熟的现实。不管从哪一方面来看，他都是个出色的情人。

努拉伊妮转过身来，满脸通红。她脸红并不是因为生气，而是羞怯。安沃尔·萨达特只是微笑一下，戴着无邪的面具溜走了，把她留在那里继续当他那间厨房的完美的女主人。

努拉伊妮赶快把事做完，带了一碗菠菜汤急匆匆地回了家。她不再去安沃尔·萨达特家了，但第二天卡莎便来看她，她只好装病。努拉伊妮确实感觉不好，一想到那个压在她身上的身躯，那双在她两腿间摸索、几乎触摸到她最隐秘之处的手时就会颤抖起来。她忍不住会想起这件事，依然可以感受到他那有时温暖有时冰凉的爱抚。她越想把它忘掉，就越不容易忘记。

三天后她终于不再激动不安了。回想当时发生的事，她不再感到恐惧和痛苦，开始看到它那令人吃惊而亲密的一面和其中蕴含的她所不熟悉的温情。尽管内心羞愧，努拉伊妮却思念他，渴望他抚摩她的臀部，渴望那只手往更里面探索，直至抵达她的体内。所以她又回去了，像第一次来做客似的不安地站在门口，没有马上进去。她走进厨房做事，但思想没法集中。她听到有人走近，从那趿拉着拖鞋走路的方式听出是他的脚步声。她不用转身就可以知道安沃尔·萨达特正蹑手蹑脚向她走来，但还是忍不住扭过头去看他。安沃尔·萨达特只穿了一条内裤和一件敞开的衬衣，不再露出那副无邪的笑脸，而是满脸紧张。努拉伊妮窘迫地做出反应，羞怯地微笑着低下头，但眼睛始终盯着那个靠近的身影。安沃尔·萨达特知道这个女人已经被他征服了，他正要来捕获她。

他又站在努拉伊妮身后，双臂拥住她，抱得紧紧的，似乎不想发出任何声音。她觉得周围的空气都凝固了。她无路可逃，内心似乎认可这一切，只是害怕这种事的后果，害怕他会不会粗暴地对待她。她感觉到他的脸贴到她的头发上，温暖地往下移到她的后颈。她听到他那喘息的声音，频率与她自己的气息相同。他移动双手捏她的骨盆，控制她的臀部。

他们就这样摇晃着，在安静的厨房里寻找某种旋律，像新婚夫妻那样相互爱抚。安沃尔·萨达特双手轻抚着她的身体，非常缓慢，逐渐用力，因为他知道心急会毁掉一切。他的手指从她的腰一直往上摸。手掌拥着努拉伊妮的乳房抚摩。她那历经岁月侵蚀、被孩子吮吸、遭受科马尔双手蹂躏过的乳房，在厨房的蒸气中和安沃尔·萨达特热乎乎的手指中坚挺起来。青春在她的肉体中再次勃发。

安沃尔·萨达特意识到，如果他在多年前把手放在这个女人身上，会发现她拥有近乎完美的体形。几个月来她一直在他的家里，他观察她，后悔没有早点接近她。在这几个月中，虽然她沉默寡言，近乎病态和全神贯注地做着家务，他却细心深深挖掘她的美，在隐藏的悲伤之下发现了她的美。他从没这样和一个近邻调情过，这是一个他很了解的女人、一个朋友的妻子，更重要的是，一个可以像姻亲那样在他家随意进出的女人。但她那迷雾般的外表，他那破解她所承受的苦难的能力，令他难以放弃对她的追逐。他神魂颠倒，心想她渴望有个男人来抚摩她，觉得他可以慢慢充当这个失意女人的好情人。

抓着她的双乳，听到她喉咙里发出来的喘息声，他觉得自己正在掂量她的苦难。他可以理解她的状况，却仍对她心存敬畏。尽管承受了这么多苦难，她依然维护了自己的身体。他可以感受到她的欲念，她的乳房不断坚硬，似乎要证明他的假设，这个女人需要这种爱抚，需要他的爱抚来使她复活。

他会给她所渴望的温暖。他老练的双手创造了他家院子前面的自然主义塑像，无耻地模仿了拉登·萨拉赫的艺术杰作，让很多女人在他的身躯下心醉神迷。这双手现在开始灵活快速地移动，指头上上下下在她身上画着图案。努拉伊妮开始把身子紧紧靠着他，两眼恍惚地盯着天花板，张口沉重地喘息着。安沃尔·萨达特紧紧抱着她，捧起双掌，像打开罐子那样在她身上旋转着手心。他们几次紧紧相缠，头脑中一片空白，浑身被汗水浸透。努拉伊妮的衣领上有两颗紧扣的扣子，安沃尔·萨达特用三根似乎长着眼睛的手指慢慢解开它们，把手伸到衣服里面，摸进胸罩。

他们情不自禁，每次呼吸都更为狂乱，这时一扇门打开了，中止了他们的激情。梅莎·迪薇走进厨房时努拉伊妮正面对桌子，她手拿一把刀，面前却没有任何东西。她僵立着不敢回头看一眼，因为梅莎·迪薇可能会注意到她那解开的领扣和露出来的胸罩。与此同时，安沃尔·萨达特站在茶壶边正把水倒进一个玻璃杯里，他也没转过身，内裤里的某个东西萎缩下去了。梅莎·迪薇看了他们一眼，接着冲进浴室小解，弄出一阵哗啦哗啦的声音。安沃尔·萨达特一言不发走出厨房。

实际上，如果马吉欧和玛梅真的有所警觉，他们就会回溯到母亲从那天开始的变化。那天晚上她精神焕发，眼中闪烁着某种她从姑娘时代就未曾有过的光彩。她洗浴了好几个小时，穿上四年前在开斋节时买的最漂亮的衣服，煮饭时逗着炉子边的小猫玩。她平日不喜欢宠物，但这时却用灵活的双手抚摩小猫，轻轻哼着歌，似乎要哄它睡觉。玛梅注意到了，马吉欧也看见了，接着是科马尔不可思议地瞪着她。但他们都把那当成是另一种形式的疯狂。

努拉伊妮反复回想着那天下午发生的一切细节。对她来说，再也没什么比那更美好了。她怀念安沃尔·萨达特的爱抚。她心里没有别的，只想着那一刻和其后要发生的事，因为她感觉这事还没完，还有更多的即将到来。

第二天上午，她十点去安沃尔·萨达特家，期待地颤抖着。她穿一件有一排五颗扣子的宽松上衣和一条荷叶裙，这是一种温和顺从的打扮，能让安沃尔·萨达轻易得手。她想要重复昨天发生的事，心怦怦直跳，但又怕梅莎·迪薇是个偷窥狂。她走进屋里，轻轻踩着瓷砖向厨房挪步，装出一副无邪的神情。她眼睛盯着前方，而脑袋里却搜索着屋子的每个角落，希望能看到他出现。她站在厨房中间，一边是炉子，一边是饭桌和碗橱。她站在那里，却什么都不想做，不想碰锅，也不想动刀。她就呆立在那里，等待他的双手来捕获她的身体。

她听到开门的声音，但仍然站着没动，也没回头去看。但她再一次听出了他那趿拉着鞋子走路的声音，那是她所期待的男人。看到无助的女人站在厨房中间，安沃尔·萨达特知道那个下午将属于他们了。她正在默默地告诉他：做他想做的一切，让他们身心相融。

　　他抓起她的手，拖着脚步带她走进卧室。他关上门从里面反锁，一个真实的亲密王国，现在其他人都无法进入，连梅莎·迪薇和卡莎都进不去。

　　安沃尔·萨达特站在门口，把窘迫的努拉伊妮推到床边。她低下头，不知道眼睛该看哪里。她后退着，碰上了床沿，身子往床垫上仰下去。她的手摸到了床单。床单白得像百合，柔软厚实，黑褐色的线绣出一只蜂鸟。身下的泡沫床垫结实而柔软。她想要有个温暖而永恒的睡眠，没有殴打妻子的男人来欺侮她，更没有担忧。安沃尔·萨达特向她走过去。她看到他的脚在挪动，抬头看着她的征服者那张纯真的脸时，她的白日梦终于成真了。

　　他们交换了一下眼神，努拉伊妮瞟了一眼他那撑起来的内裤，害羞地微笑一下。里面的东西使她僵住了，但安沃尔·萨达特马上摸了摸她的肩膀，又使她的肌肤暖和起来。她在床上舒展全身，双脚在床沿摇荡，头发四散开来，胸部一起一伏，呼吸沉重。安沃尔·萨达特拉开她的双腿，站在双腿之间，然后伏下去压在她身上。他的体重令她感到刺激，唤醒了她的感觉，似乎在告诉她，他不会让她等太久。

很明显，安沃尔·萨达特是个耐心而专注的情人。他双唇粘在她的唇上，双手环抱她的腰，让她欲逃不能。努拉伊妮一开始浑身僵硬，只允许他们干巴巴的嘴唇相碰，可能因为他伏在身上，她看不到他，所以心不在焉。但她可以感觉到男人的嘴像鱼儿在水面上嗫食那样，把一股湿流送进她张开的双唇。他一直在挑逗她，要她做出回应，咬住她的下唇轻轻拉扯着，然后放开，大口亲吻。她终于有了反应，先是轻微的，然后突然用力回吻。

之后的一切都变得简单了。安沃尔·萨达特闻着她脖子上的香味，脸在她的脸上滑动，先吻她一只耳朵的后根，接着吻另一只，然后又亲吻她的双唇。他们扭在一起，努拉伊妮双腿往上抬，适时地把伸在床垫边的双脚移到床上。

他们还没有完全放松，但像那些懂得做爱技巧的情人，动作慢了下来。安沃尔·萨达特解下她上衣的五颗纽扣，动作轻得让人毫无察觉，当上衣下面的一切都展现出来时她似乎仍未察觉。现在她半裸了，安沃尔·萨达特坐在她的大腿上脱下自己的内衣，露出长满椒盐色胸毛的胸脯。他们互相凝视，安沃尔·萨达特把手掌放到她的乳房上，在她双唇上狂吻，这令她心荡神迷。他那老练的手不必使两人身体分离就剥下了她的裙子和他自己的内裤，再一把扔到地上。现在他们都光着身子，努拉伊妮抬起双脚钩住他，他们放松地做爱，在被压得皱巴巴的蜂鸟床单上大汗淋漓，气喘吁吁。

对他俩来说，那一刻如此意义深远，几乎难以回忆。他们赤裸裸地躺在那里，默默无语，不知道要说些什么，因为欲望根本无言。他们精疲力竭地躺在一起，半睁半眯的眼睛盯着天花板。正午太阳高挂，房间里唯一的光线透过薄薄的窗帘照进来。努拉伊妮仍为自己身体的大胆而震惊，为此她感到难以言述的得意。她也并不需要问这个男人的感受。最后，女人毫不犹豫地转过身，把大腿跷到安沃尔·萨达特身上，闭上眼睛轻轻地笑了。

那天下午努拉伊妮回家时，没人察觉到她的举止变化。也许她把自己的欢乐掩盖得很好，也许家人对她根本就不在意。只有安沃尔·萨达特一人看到这种变化，对自己能使这个女人变成一个新婚的少女而着迷。在他们越来越炽热、越来越疯狂的日子里，在同一张床铺上或别的地方，他放任自己让她唾手可得。有时梅莎·迪薇会出门，他们就关上门拉上窗帘，在昏暗的灯光下、在沙发上、在厨房的桌子上、在浴室的水池里，还有一次在他工作室的地板上，做爱。

努拉伊妮并不需要某个助产士或者医生来告诉她怀孕了，她自己可以感受到变化。她一点也不害怕。实际上她欢欣不已，会坐着想象这个即将出生的孩子的模样，拍着还没鼓得很大的肚皮。那似乎是她唯一怀过的孩子，她长久盼望的第一胎。她满含泪水期待他降生到这个世界，倾听他的哭声，看着他长大，也知道自己肯定爱他。她经常温柔地哼着歌，好像孩子已经出生，而她已经减缓了他所承受的轻微的痛苦。

正是这时，马吉欧开始感觉到母亲的变化。她注意打扮，更加活泼，比以往任何时候都漂亮。更往后他意识到，这种光彩来自一个蜷伏在她子宫内的婴儿。他悄悄告诉玛梅，两人都吃了一惊，等待着突如其来的婴儿出生。

当时马吉欧还以为那是他父亲的孩子，虽然他怀疑科马尔怎么还有这能力。多年来，也许自花木丛林出现以后，努拉伊妮就一直睡在玛梅的房间。想到他日益衰老的身躯，也曾经听他抱怨过那玩意儿肿胀，马吉欧对科马尔还能弄出一个孩子感到吃惊。

马吉欧想象着在某一个夜晚，科马尔强行把努拉伊妮从玛梅的房间里拉出去，把她摔到床上或按在稻米储藏间的大柜子上，残酷地蹂躏。他不能一次又一次地这样对待她，不顾他那两个食不果腹的孩子，使身心交瘁的妻子再次怀孕。但他没和妹妹谈自己的想法。努拉伊妮肚子越来越大以后，他对科马尔似乎视而不见的情况感到吃惊。科马尔没说过一句有关他们就要出生的弟弟或妹妹的话，也没特别关注他的妻子。

终于发现努拉伊妮怀孕后，科马尔·本·赛尤布的愤怒难以抑制。暴力吓坏了马吉欧和玛梅，因为科马尔很久以来一直漠视妻子，虽然有时还会打她，但他的暴力减少了。然而这次的爆发比他们长久以来所看到的任何时候都野蛮狂暴，是一次压抑后的爆发。他把她从厨房拉到屋子中间，没说一句话就猛打她耳光。努拉伊妮愤怒地尖叫，拼命还手，也许是想保护肚子里面她所挚爱的孩子。她骂他是只禽兽，一个魔鬼，一头野猪，而科马尔也照样骂回去。看到努拉伊妮还手，科马尔打得更凶了。他不再用手掌打，而是捏紧拳头击打她的额头。

努拉伊妮被摔到墙上，薄薄的竹墙东倒西歪。她倒在地上，科马尔紧追过去踢她的臀部。他还继续踢着她的大腿，努拉伊妮趴在地上，抓着他的脚不放。这个不屈服的女人彻底激怒了科马尔，他拽着她的头发，把脸都变形了的努拉伊妮拉到他脚下。他们互相怒视，科马尔猛击她的下巴，这次她滚到另一个角落，满脸通红。她一滴泪都没流，一直用双手捂着肚子。

"你这臭婊子！"科马尔尖声骂着，把一个铝制烟灰缸摔到她头上，扭头走了。

马吉欧和玛梅看着，都吓得脸色苍白。等他们回过神来，科马尔已经走了。玛梅走近母亲，把她扶起来，让她躺到床垫上。玛梅一直是个安静的孩子，难得哭一次，但看到母亲被打成这样，她发出了令人窒息的啜泣声，拿扇子为她扇风，抚摩她身上的瘀青，流着泪问她需要什么，比如要不要一块海绵或止血布。努拉伊妮摇摇头，紧紧抓着女儿的双手。

现在马吉欧知道那个还在肚子里的孩子不是科马尔的。他父亲无法抑制的怒火说明了一切，小伙子一时不知道该站在哪一边。努拉伊妮会怀上别的男人的孩子，这简直令人难以置信。他无法想象那个男人是什么人。

他发自内心地感到羞愧。他一直想呕吐，摇摇晃晃地走出家门，去了守夜值班的小茅屋。他在里面回想着发生的事。无论他怎么想，都无法逃避赤裸裸的现实。虽然有人问他为什么看上去这么可怜巴巴的，但他无法和朋友们谈这件事。如果他告诉他们，那么不久，全世界的人都会知道，他母亲怀上了一个不是他父亲所生的孩子。他也想看到他那该死的父母都被烧死，他们合谋起来折磨他和玛梅。然而他的内心深处知道，因为母亲所承受的一切，他无法谴责她，他也不能诅咒遭到赤裸裸背叛的父亲。

妻子怀上别的男人的孩子以后仍在街上大摇大摆地走着，而他却得面对她的这种炫耀，对于科马尔·本·赛尤布而言，再也没有什么比这事更令他痛苦了。现在他无可奈何地认识到，多年来他一直使他的家人受苦。他在理发摊上心烦意乱地理着发，差点割下一个顾客的耳朵，又把另一个人的头理得乱七八糟。他眼里含着自悯自怜的眼泪，回忆起饱受摧残的绝望的岁月，拼命想追溯他犯错的源头。

岁月倥偬，生活就像没赶上的火车那样直往后退。他回忆起令他疲惫不堪的青年时代，从一个村庄漂泊到另一个村庄，在工厂里寻找工作，在某个工厂里待上几个月，切割做鞋的皮革，扛装麦子的大袋。几年后他病了，一文莫名。他重新拿起理发工具，找一个阴凉的地方等待顾客过来，为他们理发，但他知道当个理发匠挣不了几个钱。老赛尤布要他回家结婚时，他唯一的财产只是一枚薄薄的黄金婚戒，一个让他无法吹嘘的物件。

婚期到了，他可以看出新娘子是多么冷淡。他从没有写过她所渴望的信，也从来没有道歉。不是他不想在一张涂上滑石粉的信纸上写那些废话，而是他根本就不知道要写些什么。在树荫下等待那些为难看的头发而焦虑的顾客光临，这种生活没什么意思。但这个女人是我的，他想。娶了她以后她就是我的了，她是注定要给我的。如果我想要她时她不从，我就有权利发怒。

科马尔坐在理发椅上用一条白棉布擦着眼睛，担心鸡汤面条摊上会有人看到他在哭泣。他再次为消逝的过去而叹息，这么多年来他一直这么落魄。他目瞪口呆地看着双手，这双手无数次伤害过妻子和孩子，他双眼再次饱含泪水。这都是他的过错。他可怜的生活都是自己酿造出来的。但当他回想起多少次回家面对脸色阴郁的妻子以及与妻子生下来的两个小恶魔时，他又觉得没有几个男人可以做得比他更好。家人应当知道他的生活是多么糟糕，应当伸手帮他。起码，他们应当原谅他时不时的发作。

有人走过来要他给小孩理个发，科马尔只好扭过脸不让他看到自己那红红的眼睛，叫小孩坐上椅子。准备开始理发时，他拼命想说服自己接受目前最重要的现实：努拉伊妮会生一个孩子，但这个孩子不是他的。

在那短短的一瞬间，他已经想对上苍和上苍安排的命运表示屈服。但他回家时无法对妻子挺着的大肚子视而不见，因此所有的平衡又都消失了。他的脾气又上来了，接着开始打她，骂她是婊子，用水瓢打她，用藤条掸子抽她。只有看到妻子屈服地跪在屋子角落里他才感到高兴。然后科马尔走进房间，自己躺下来。夜幕降临后一片宁静，他无声地啜泣着，祈求天使降临，写下他的所有不幸，用圣洁的怜悯让奇迹出现。

婴儿毫不畏惧地在努拉伊妮的子宫内成长，忍受着抽打在母亲身上的疼痛，也许他对科马尔不想让自己出生产生了某种感觉。玛梅随时都守在因遭受不断折磨而卧床不起的瘦弱不堪的母亲身边。她用海绵为努拉伊妮洗澡，用肥皂水擦洗她身上的瘀青，用嘴嚼烂米粒和山奈，搅在一起给她涂抹皮肤。尽管遭受了种种折磨，努拉伊妮仍然比孩子们以前所看到的快乐得多，这使马吉欧和玛梅大为感动。他们过去很少看到她笑，可现在她开始和他们分享她小小的快乐，有如乞丐在施舍自己仅有的几个硬币。

"如果他生下来，他一定会复仇，会杀死科马尔·本·赛尤布。"努拉伊妮的话坚定了马吉欧决定杀死父亲的想法，而玛梅听到后却只是哭泣。

后来，科马尔收摊后会到凌晨才回家，一大早又出门了，没人知道他去了哪里。或许他待在理发摊的时间更久，或许他根本就没去理发，只是跑到某个地方躲起来而已。总之，他的家人不理他，不管他是死是活。只要他不在家他们就高兴，并希望他能明白这一点，永远离开这个家。

努拉伊妮的肚子明显大起来以后，马吉欧不让她做任何家务，不让她去安沃尔·萨达特家或者在自己家里做事。马吉欧仍然因为知道她在某个他父亲以外的男人面前赤身露体而感到羞愧，但看到母亲因怀孕而快乐，他的心情也跟着好起来了，他帮着做家务、煮三餐。这时两个孩子都高中毕业了，马吉欧可以待在家里保护母亲不受父亲伤害，他很少和朋友们出去。科马尔也开始接受自己的厄运，心情平静下来，不再注意那个女人怀着杂种在家里走来走去，而是更多地待在自己房间里。他也知道，使妻子堕落的男人不会在家里露面。

努拉伊妮不再去安沃尔·萨达特家以后，卡莎过来打听，发现她怀孕了，便定期来检查她的身体。卡莎对她身上的瘀青感到担忧，不时拿香蕉和牛奶这些对孕妇有益的食物过来。她的善良经常使努拉伊妮窘迫不安，但卡莎并不知道，这个因她的照顾而得益的孩子是其丈夫对她不忠的结果。她的出现对努拉伊妮来说是一种考验，可当她道别时说孩子很健康，还是使充满期望的母亲打起了精神，既心满意足又羞愧难当。

怀孕七个月时，玛梅用水和花瓣给母亲洗澡。花儿不是从她们家的庭院中摘下来的，因为玛梅深信母亲从狂生乱长的花木丛林中得到了快乐。她从市场上一个老妇人那里买花，一种芳香的精油加重了花的香味。

努拉伊妮沐浴在浓浓的花香中时，马吉欧正睡在守夜值班的小茅屋里，蜷缩在阿广·育达身边。喝多了糯米酒后，马吉欧嘟哝着说："我母亲又怀孕了，家里又多了一个没人管的孩子。"夜寒刺骨，但他连条毯子都没盖就睡着了。从海上吹来的风更大了，袭击着废弃的可可种植园，马吉欧仍然四肢舒展地躺在编织垫上呼呼大睡。他醒来时，巡夜的邻居加法尔正在说话，声音急切："你母亲就要生了！"马吉欧得立刻去请卡莎接生。

他一声不吭，跌跌撞撞地走出去，抄了一条礼拜室边的近路，很快就赶到安沃尔·萨达特家，心想着要怎么开口。门廊灯映照着昏暗的屋子，几缕灯光从门缝和拉上的窗帘透出来。这是个冷得要命的夜晚，他们肯定都睡下了，但得有人照顾他母亲。他走向门口，摇着头想让自己清醒一点，然后敲敲木门。没有回应。他更用力地敲了一次。

屋内有声音传来，马吉欧不再敲门了。卧室的前门开了，光亮照进客厅，接着窗帘也拉开了，莱拉从窗子探出头来，看到是马吉欧后打开了门。她穿了一件睡袍，让马吉欧不大想看着她。闻到马吉欧身上的酒味后她问道：

"怎么回事？你喝醉了，敲错门了。"

"没错，"马吉欧回答说，"我母亲要生了。"

莱拉定睛看了他一会儿，不确定马吉欧是不是在说酒话，便让他待在那里，回头去找卡莎。马吉欧烦躁不安地站在门廊上，在手掌上哈气闻自己的味道，然后不断吹气，想消除酒味。

卡莎拿着一捆布和手提医疗箱出来了。她把医疗箱递给马吉欧，让他在后面跟着。虽然她年事已高，但走路很快。在这个村庄里出生的孩子大多是她接生的，如果马吉欧和玛梅也在这里出生，卡莎会是第一个怀抱他们的人。

努拉伊妮躺在床垫上呻吟，玛梅和加法尔的妻子站在她身边。科马尔像往常一样不在家，平常他都是在累得半死或者饿了，觉得有必要时才回家。"浑蛋！"马吉欧发现父亲不在家时，自言自语地骂了一声。卡莎听到骂声时厉声对他说："不能说脏话，这对婴儿没好处。"马吉欧退了出来，坐在前面房间的木椅上，玛梅和加法尔的妻子则在门口等着，卡莎需要时可以帮把手。

这孩子确实来得有点早，虽然还有可能活下来，但如果晚一点出来会更好。马吉欧不安地等待着，似乎那是他自己的孩子。他在口袋里找到一些丁香叶香烟，在那紧张的时刻一根接一根不停地抽着，听着卡莎说的安慰和鼓励的话，听着努拉伊妮拼命想把孩子推向这个世界时的呻吟。

凌晨三点左右，马吉欧还在不断看着钟，这时传出了婴儿的啼哭声。马吉欧想，这婴儿不会长得像科马尔。他很害怕，但也很想看一眼婴儿。他仍然确定会是个女孩。玛梅和加法尔的妻子站在门口，还不到可以进去的时候。虽然婴儿的哭声在黑暗中一声声传来，但卡莎还没有叫他们。过了一会儿，加法尔的妻子拿着一卷卷布条、床单和浸满鲜血的毯子走到浴室，玛梅也拿着一大捆东西出来，空气中弥漫着一股恶臭。

卡莎也出来了，把橡胶手套放进一个塑料袋里，叫玛梅扔掉，提醒马吉欧要把玛梅拿出来的那捆东西埋好。马吉欧站起来随时准备听从吩咐，但房间里的味道又把他熏了出来。

母亲和襁褓中的女婴躺在一起，女婴不再哭了，吮吸着母亲的奶头。邻居家的屋顶上垂下一束束电线，下面的吊灯发出的光透进来，昏暗中的这一幕格外令人动容。努拉伊妮深情地盯着女婴的脸，抚摩着她那纤弱的脑壳。

"看看吧，科马尔，"马吉欧咕哝着对不在场的父亲说，"她注定有一张非常快乐的脸。"

第五章

「娶我母亲，她会高兴的。」

在花生摊昏暗的灯光下，她看上去就像中国瓷瓶上画的姑娘那样漂亮。茂密的头发直溜溜的，微风轻拂中的细发随着她的每个动作在跳动。她身高五英尺二英寸，鹳一样苗条。她有少女的体形，每说一句话就噘一下嘴，使她那欢乐的表情更加迷人。和她的名字相称，玛哈拉妮，女王中的女王，她可以征服所有人。当她紧紧抓着马吉欧的手时，他浑身颤抖，这个勇敢的野猪猎人在他崇拜的少女面前，只不过是一个口讷的小学生而已。

人们成群结队地走去足球场，球场中央已拉上了幕布，路中间有一辆草药公司的皮卡车。有个男人手拿话筒，对着急不可耐希望电影早点开始的人群宣讲他们公司补药的功能。有些被奖品——雨伞、扇子、挂钟，最值钱的是一台十八英寸的电视机——吸引的人围在皮卡车旁边买补药，据说那些药可以提高性能力，缩紧女人的性器官，既有助于节食，又可以增加饭量，还能治疗胃炎，强筋壮骨，无所不能。

马吉欧和朋友们站在花生摊后面。上大学几个月后，玛哈拉妮变成了一个城市姑娘，但她觉得似乎找不到一个比马吉欧更好的小伙子，经常因为他而回家。她穿一件御寒的黄色运动衫，一条喇叭口牛仔裤，一双人字拖鞋。她挽着马吉欧的胳膊，羞怯地拖着他的手臂亲切地吻着。

以前他们没这样挽过手，姑娘的大胆令马吉欧陶醉不已。这使他感到困惑和脆弱，甚至不敢扭过头去看那张他如此爱慕的脸，而是盯着来来去去在幕布上稍纵即逝的人影。他非常想和朋友们待在一起，但他手臂上的皮肤还保留着姑娘口唇的记忆，使他欲走不能。汗水从他的后颈往下直流。他曾经和一伙朋友一起逛过妓院，当轮到他可以爬到躺在床上的性感中年女人身上时，马吉欧吓得浑身颤抖，怎么也硬不起来，亏得妓女的抚摩技巧才使他得以满足欲望。现在他内心的恐慌比当时更甚，盼望有人可以帮助他。他希望这姑娘能让他摆脱这种尴尬的处境，但她却更紧地抓着他的手。马吉欧扭过头，一眼看见她那凝视的目光和灿烂的脸蛋。她那纤细的鼻子、弯曲的睫毛和张开的嘴唇，一切都收入他的眼里。

"你知道我爱你吗？"她问马吉欧。

如果她不是安沃尔·萨达特的女儿和莱拉、梅莎·迪薇的妹妹，听到她说这句话时马吉欧可能会更吃惊。为了不使她感到不安，慌张的小伙子赶快点点头，紧抓她的手作为回答。玛哈拉妮似乎对此感到高兴，让马吉欧有点时间把注意力转到空白的幕布上，用茫然的眼光看那些影子。

虽然他俩已经认识好多年了，关系却从来没有这么亲密过。多年前的那个雨夜，两个孩子撑着一把伞冒雨出去，从那时起马吉欧就开始觉得尴尬。这姑娘美得不可触碰，他想，她坐在沙发上和家人一起看电视，得到家庭温暖的保护，从不知道什么是暴力。与此同时，他却得坐在一张椰木小凳上，从一扇玻璃窗外偷偷盯着同一台电视机，也没有人保护他免遭暴力之害。有一道墙横在他们中间，虽然那只是一道玻璃墙，他们可以透过这道墙互相对视互相信任，然而这道墙却无法被逾越。那天晚上，他俩在噼噼啪啪响的雨伞薄膜下肩并肩一起走着时，他觉得如此近距离地触碰她是一种不可原谅的亵渎。事隔这么多年，今天晚上和她在一起时，马吉欧仍然觉得不舒服。

马吉欧喜欢这姑娘是因为她有一种自然的美，这个世界中理想的美。他喜欢她，因为她想拉近他俩之间的距离。小伙子记不得是从哪天晚上开始，那张脸第一次占据了他的全部想象，而他也越来越为他俩之间的鸿沟感到悲哀。对他来说，突如其来的爱情就像海市蜃楼，令人感到困惑和不真实。玛哈拉妮则从她开始有记忆时就爱上了他，不断努力地去发现他俩是否能够真正拥有彼此。

在那个大雨滂沱的夜晚，他俩只不过是两个开始要成为朋友的孩子。他俩年龄相同，后来进了同一所学校，走过同一个足球场，走进同一栋自荷兰殖民者在这个国家四处游荡、立界桩者到来后不久就耸立在那里的建筑。马吉欧早上会走到她家，她就在那里等着。两个穿着校服的孩子会一边聊着朋友们的事，一边走过足球场。也许正是在那个时候神祇飞临他俩头顶，热情地织出爱情的纽带。这些纽带会断，但对马吉欧和玛哈拉妮来说，随着这两个青年人都梦想和对方在一起，希望互相分享，这些纽带越来越牢。放学时玛哈拉妮会等在学校门口，马吉欧则随时准备和她一起走过同一片绿色的草地。

朦朦胧胧中，纽带散开又织牢，捕捉他们。马吉欧一天又一天地待在安沃尔·萨达特家里，需要干体力活时，安沃尔·萨达特就像对待亲生儿子那样对待这小伙子。因为马吉欧的出色表现，这男人真心喜欢他。后来安沃尔·萨达特开始怀疑他的小女儿喜欢上了这小伙子，在发生过莱拉和梅莎·迪薇那些令人讨厌的事情后，他不能不关心小女儿选择的是什么样的男人。

玛哈拉妮会和马吉欧一起坐在沙发上看下午的电视节目，谁都看得出他俩就像一对温良的情人，天造地设。没人干预他俩的行为，所以马吉欧喜欢安沃尔家胜过自己的家。他喜欢和玛哈拉妮一起吃炸土豆条，但内心的局促不安从未消失。他一直提醒着自己，这种亲密只是暂时的，稍纵即逝。玛哈拉妮会找到一个男人并爱上他，然后很快就会忘掉这个名叫马吉欧的小伙子。他随时做好准备，终有一天玛哈拉妮只会是回忆中一个甜蜜的名字而已。

安沃尔·萨达特把这姑娘送进东部的大学读书时，马吉欧告诉自己，这是他的解脱。对他来说，最好是看到她选择了另一个男人，从此不再理他，这比继续被还可能拥有她的幻想折磨更好。他确信大学里有无数的小伙子，他们大多聪明过人，没人不会注意到来了一个漂亮姑娘。他们会竞相追求她，到时候玛哈拉妮就会陷进去。提着包送她离家时，马吉欧心里充满了这些凄凉的希望。玛哈拉妮和安沃尔·萨达特在家门口等着乘坐停在隔壁油棕树下的公共汽车一起离家。玛哈拉妮吻了她母亲、莱拉和梅莎·迪薇的手，马吉欧把沉重的大包小包放进车后的行李箱。她也在马吉欧的手上吻了一下，这个吻令他的胃猛地翻腾起来。但比起后来草药公司在足球场放电影时她突然紧紧抓着他的手，不是想要给他一个告别的吻，而是一种爱意浓浓的触摸，那个吻根本算不了什么。

分离并没有使马吉欧解脱出来。一到放假时玛哈拉妮就回家了，她总是希望马吉欧会在那里，能和他待在一起，那条纽带把他俩绑得更紧了。在他俩那种约会似的相聚中，玛哈拉妮总会以一种似乎讲述她自己的，也是马吉欧亲身经历的叙事方式，告诉他在大学里所看到的一切。那时候，玛哈拉妮还不习惯走在一起时手挽着他的手，虽然他俩认识的所有人都在谈论这对年轻的情侣。就像萨达拉少校的妻子说的那样："这姑娘对马吉欧着迷了。"

现在，在草药公司放电影的这个晚上，这姑娘急于想知道马吉欧究竟是否明白深深埋藏在她内心的爱。马吉欧也清楚，这姑娘属于他，虽然尴尬和不安仍然束缚着他。玛哈拉妮依然保留着不可触碰之美。

他俩从花生摊慢慢走到一棵郁郁葱葱的热带杏树下，紧贴着坐在人们平时看足球比赛时坐的一座长满青草的土丘上。马吉欧可以闻到她身上的味道。顽童般的风吹过来，她的头发掠过他的脸。他还无法相信她坦承了对他的爱，证实这张在黑暗中焕发光彩的椭圆形的脸，一件杰作，有可能属于他。他深受感动。

玛哈拉妮拉过马吉欧的手，把它抬高，让它挽住她的腰。现在他笨拙地挽着她，不知道是该抱得紧一点，让他腰间的皮肤紧贴她的肌肤，还是抓住她的运动衫就可以了。她低下头，用自己的手臂圈住马吉欧，让他们靠得更紧，以同样的频率呼吸。这就是彼此拥有，他们都同时感受到这一点，就像爱情之神盘旋在他们头顶吟唱。

土丘下面有人在争吵，大喊大叫。夜色更浓了，人们对购买补药感到厌烦，他们想要奖品。口若悬河的销售员像公司老板那样一直在递着药，不断道歉，借口说还有一些顾客需要服务，那台电视机也还没人中奖拿走。其实根本不会有人抽中，它只是一件比麦克风后面那张泡沫飞溅的嘴更诱惑人的摆设品而已。做完最后一笔买卖，销售员关上了皮卡车的后门，只在要换电影胶卷时才会再打开。现在放映机的灯光照在随风轻微晃动的白色幕布上，这时有人鼓掌，有人吹口哨。

这是一部经典老片，有非常刺激的亲吻场面。

马吉欧和玛哈拉妮没怎么看，因为离得很远，声音也都被观众激动的喊叫声所淹没。他们倚靠在一起，沉浸于对彼此身体的探索，在深深的夜色中互通体温。看上去似乎这天晚上会下大雨。马吉欧可以感觉到玛哈拉妮体内的血液流得很快，和他自己体内的血一样。

玛哈拉妮动了一下，抬头看马吉欧胡子拉碴的下巴。她专注地盯着他，似乎他脸上有什么东西在动。他气都喘不过来了，知道那是作为男人和情人所应采取行动的时候。他对她那探索的凝视予以回应，两张脸紧紧贴住，呼吸着同一丝空气，感觉着脸上的气息，两人紧紧拥抱在一起。姑娘那双掩藏在弯曲睫毛下的眼睛在街灯和被云朵遮住的月光下隐约闪烁，渴望地看着他，马吉欧知道她想要什么，但不知道要怎么做。

他的愚蠢使姑娘很恼火。玛哈拉妮在追逐，而马吉欧则似乎在故作矜持，想保持自尊，等待着姑娘的双唇贴上他的双唇。他俩不知道要从何开始，只是把嘴巴紧紧贴在一起，交换着温暖和感情，互相感受舌头的丝滑。

他俩突然停住了，觉得虽然没人看他俩，但在足球场上还是太显眼。姑娘眼光忽闪，但马吉欧看上去有点悲伤。"有些事你不知道。"他凄凉地说，声音小得几乎听不见。悲痛充满他的全部思绪，尽管他俩如此亲密，他却无法和她分担内心最深处的巨大痛苦。玛哈拉妮觉得不舒服了。他挪动一下身子，她则站起来，不再靠在他的肩上。马吉欧的悲痛加剧了，他怕失去所崇拜的姑娘。玛哈拉妮不解地瞟了他一眼，然后开口问：

"你不喜欢我吗？"

这个问题刺痛了他。他当然喜欢她，比喜欢任何东西都更喜欢，他崇拜玛哈拉妮。他想要她，但又认为不配得到她，因而束手束脚。

"我很紧张。"他在她耳边悄悄地说。

这句话使他暂时得到解脱，玛哈拉妮似乎喜欢这句话。"我很紧张。"他的不安全感击碎了浪漫。毕竟，他俩都应当紧张。她也紧张，但他俩会一起克服面前的障碍，增强信心。玛哈拉妮又一次把自己粘在他身上，他的不舒服感又出现了。他说紧张是谎话。他内心的问题太复杂了，使他不敢去拥抱她那炽热的爱，使他诅咒他自己，因为他没有能力对她诚实。

玛哈拉妮和马吉欧同一天回来，这或许因为她已经听到科马尔去世的消息。她说她放假了。马吉欧相信她的话，不管是不是假期，这姑娘肯回来安慰他，消除他的悲伤。当然，她误解了这件事。马吉欧根本就不悲伤。

玛哈拉妮每天都去他家，有时和他家人一起吃饭，这勾起了他在安沃尔·萨达特家吃饭的回忆。他俩更亲密了，长久以来建立起的情感更为深厚。有一天玛哈拉妮想去看看科马尔的墓，她还是以为马吉欧丧父后会很悲伤，但他果断拒绝了。玛哈拉妮开始想起大家传说的关于科马尔·本·赛尤布暴戾的那些事。她自己也亲眼看过他用晒衣服的竹竿猛揍马吉欧。她第一次感觉到长久以来深藏在马吉欧内心的痛苦，想把她的爱作为抚慰他的止痛膏和安慰剂。

马吉欧在玛丽安死后不久就离家出走了，以免自己真的对科马尔下手。正如他告诉玛梅的那样，他体内有一头虎，他得学会如何去控制它。他跟着马戏团走了，跟他们到开车一小时路程远的一个镇子。他想办法说服马戏团经理让他打零工，比如饲养大象或者喂马。经理看了看他那壮实的身体和恳切的目光，同意收下他，随后小伙子也证明他可以勤勉地做好各种工作。马吉欧的真实意图是想看看驯兽师怎样驯服他们的老虎，刺探他们的驯虎过程，用几个星期去了解这些人。但表演结束后，马戏团又要继续一路向东去其他城镇，马吉欧觉得他的任务到头了。马戏团的老虎和他体内的老虎毕竟不同。

他拿到两星期的工钱后告别了马戏团，但继续留在那个镇里，想要得到从家里来的最新消息。即使他所有关于家庭的记忆都有父亲的影子，他也无法完全将自己从中抽离。他想念母亲和玛梅，玛哈拉妮的漂亮脸蛋时不时会映入他的眼帘，偶尔他也会想起他的朋友们，阿古斯·索扬的饮食摊和守夜值班的小茅屋，他不能就这样失去他们。所以他在那里逗留，一边恳求公共汽车司机和售票员不要告诉其他人他在哪里，一边又急切地打听他们带来的家里的消息。

直到一天下午，公共汽车司机告诉他，他父亲死了，尸体开始腐烂了。

他乘上公共汽车，坐在一个靠窗的位子上，让刮过露兜树的海风吹拂着脸。他思绪万千，百感交集，想象着他脚下的父亲腐烂的尸体。对马吉欧来说，他父亲没有被切开喉管死在他手上，真是神奇。

他跳下公共汽车时，载着捕野猪队伍的卡车也到了。得知自己错过了一次令人激动的捕猎活动，他的脉搏加快。几十只被拴住的豺狗跳下卡车，在人行道上乱窜，然后有人把它们拉到驻军司令部右边路上的萨达拉少校家。四个小伙子用竹竿抬着两头眼神空洞、被绑住四只脚的大野猪。他想，斗野猪那天这些豺狗会非常快活。熟悉的泥土味沁入他的鼻孔。马吉欧只是向人群挥挥手，特别留意萨达拉少校，可是，因为科马尔·本·赛尤布还没有下葬，参加社交活动并不合适。

知道科马尔·本·赛尤布要被埋在玛丽安坟边后，马吉欧并不喜欢这个主意。但是玛梅坚持说，不管他配不配做一个父亲，那终究是他的遗言。不管这老头埋在哪里，玛丽安自己会复仇，科马尔也会天天在永恒的地狱里被宰杀。凯雅·加罗问他想不想看父亲一眼，马吉欧赶快摇摇头，担心如果看了，父亲也许会死而复生。

扛棺材之前，马吉欧从玛梅手里接过一篮花瓣。他不知道花瓣对于这只正在腐烂的禽兽有什么好处，但他再一次从玛梅的眼神中看出，她恳求他把花瓣撒在棺材上，而

不是把它们扔到排水沟里。马吉欧明白，其实玛梅是他们
家中神智最清醒的人。也许他们都毫不掩饰对父亲下地狱
的事感到高兴，但她对葬礼最上心，摆脱了仇恨的束缚。
看着她时，他们童年时代在一起的苦乐参半的记忆涌上马
吉欧心头。

　　凯雅·加罗吟诵着经文，有些从卡车上下来浑身泥
泞的小伙子也加入了葬礼行列，走在棺材旁边。马吉欧走
在最后，手捧花瓣抛撒在棺材上。花瓣鲜艳，但掩藏在人
们喧闹声下的气氛却越来越阴郁。他们成排踏上一条穿过
干焦的可可种植园的小路，在开始把一切都染得通红的夕
阳下走向布迪·达马公墓。老虎在马吉欧体内翻滚，但马
吉欧悄声告诉它："看，这家伙已经死了，请消停点吧。"
他不断捧起花瓣抛向空中，花瓣在空中飘荡，久久不愿意
下落，似乎在代替马吉欧表达内心的不情愿。最终，花瓣
还是飘落在沙路上，被踩在脚下。

　　挖墓人把下巴顶在铁锹柄上耐心等待着，嘴里喷出
手卷香烟的烟雾。和玛梅说的一样，挖开的墓坑就在埋葬
玛丽安的那个土丘旁边。马吉欧记得她的葬礼，记得他在

那个小小身躯的安息之地上面立下一块墓石。现在他就站在她身边，掬起一捧花瓣撒在她的坟墓上面，突如其来的感情冲动使他欲哭不能。

他们放下棺材，打开棺材盖，科马尔·本·赛尤布被一条看上去像理发围裙的布裹着。凯雅·加罗吟诵着经文，但因为马吉欧过去只是根据阿拉伯语的发音诵读，也从来没有学完《古兰经》课程，所以听不懂。他把篮子放在土丘上，张开手掌，举起双手，和其他人反复说着"阿门"。凯雅·加罗结束礼拜，送葬的人说完最后一句"阿门"，双掌摩脸，挖墓人跳下墓坑并叫马吉欧帮忙。马吉欧急忙卷起裤管跳下去，站在挖墓人身边，脚底触及就要成为父亲最后安身之所的那块潮湿的土地。

他的两个朋友把科马尔从棺材里抬出来，交给马吉欧和挖墓人。尸体沉重，看到过他年老体弱、听说过他病魔缠身的马吉欧对此困惑不已。尸体太沉了。在上面的两个朋友也感觉到了，面露惊异之色。现在该由马吉欧和挖墓人接手。他们摇摇晃晃，在重压下竭尽全力站稳，要把科马尔放进墓坑里。

　　墓坑太小，无法把科马尔全身摆直。"真主呀，"挖墓人说，"我可是量过了的。"马吉欧也注意到墓坑太小，至少还要再挖一英尺。他们艰难地托起尸体，连同晃晃荡荡往下溜的裹尸布一起放回棺材里。马吉欧在墓坑的一角等着，挖墓人一脸不快地要他递过铁锹，开始干活。他飞快地挖着，把土扬向四周。天开始暗下来了，晚霞中的公墓一片通红。

　　他们再一次把科马尔的尸体放下去，但尸体更沉了。没人知道究竟是怎么回事。四个抬尸体的人都感觉到了重量的变化，似乎里面有什么东西在膨胀。马吉欧想，这肯定是那个男人的罪孽的重量，不禁对要由自己担负起父亲的罪孽的想法悄悄皱起眉头。他和挖墓人一起把尸体草草搁下，不再让自己的后背受累。

　　可另一个问题又冒了出来，这次是墓坑太窄了。是不是尸体膨胀了？或是挖墓人把墓坑挖长后它变窄了？"该死，"挖墓人说，这次真的生气了，"这块地不想要他。"马吉欧和挖墓人竭力把尸体抬进棺材里，再次把墓坑挖宽。之后他们把尸体放下去，但墓坑还是太小。他们又继续挖得更大，可不管怎样都窄了一些，就像墓坑的四壁正在闭合，拒绝接受这具尸体。

他们筋疲力尽，挖墓人在月光下脸色苍白，马吉欧气得满脸通红。他们都看着凯雅·加罗，他正站在一座土丘上低声吟诵经文，因为活着的人不希望科马尔还没下葬就烂掉，所以他恳求最高审判者接受这具尸体。这时，树叶飘落，风更劲了。凯雅·加罗闭上眼睛，嘴巴不停地开合着，过了一会儿他睁开眼睛，盯着放在墓坑里面的尸体，转身对周围的人说："能怎么埋就怎么埋吧。"

他们硬生生地把科马尔·本·赛尤布塞进了坟墓，那个死人像条睡着的狗一样蜷着身。连马吉欧都怜悯他了。小伙子看着这具可能会加倍地感到痛苦的尸体想，也许那是科马尔应得的报应。他和挖墓人一起在尸体边填着土块，不让尸体翻转过去。他们铺上一片片木板，掩盖白色裹尸布的轮廓。木板是横在活人世界和死者王国之间不可逾越的界线，科马尔·本·赛尤布就被封闭在那下面。

天几乎黑了时，他终于被红色的沙土掩埋了。挖墓人慢慢踩着坟土，但是没踩得太实，因为死者也许会复活。而且，如果他还得再挖一次墓，也可以容易一些。他把刻着死者和死者父亲名字的石墓碑立起来，在四周铺上沙砾。出于一种奇怪的怜悯，马吉欧在坟墓的一头种上一棵鸡蛋花树，撒上剩下的那些散发着玫瑰、茉莉和依兰花香味的花瓣。科马尔·本·赛尤布就被留在那里同海边的微风和鬼魂做伴了。

风不再吹了，他们抬着空空的棺材大步走在回家的小路上。汗水从马吉欧的额头流下来，但他并不觉得累，反倒觉得更有精神了。他一次次告诉自己："想想吧，这禽兽已经死了，现在我们要过什么样的生活都取决于我们自己了。"

到家时玛梅告诉他，他们的母亲甩了她一巴掌，马吉欧怀疑科马尔·本·赛尤布是不是把他的残忍木性遗赠给了努拉伊妮。听了玛梅的解释后，他不由得发出一阵笑声。玛梅的建议没错，再婚对她有好处。她还年轻。现在几岁了？还没四十岁，马吉欧想，把她当成一个寡妇搁置一边还为时过早。他会支持任何一个想娶她的男人，只要他不像科马尔那样，并承诺不会残酷地对待她就行。马吉欧愿意为母亲努拉伊妮做任何事以使她内心平静，和玛梅一样，他也想过让她再嫁。但即便如此，在她丈夫刚埋下去的当天就提出这种建议非常不合适。无论努拉伊妮怎么恨科马尔，她女儿那张粗鲁的嘴理应得到一记大耳光。马吉欧对玛梅说，母亲的疯病会被推移的时间治好，她还会是从前那个可亲的人。

玛梅叫马吉欧宰了科马尔留下的那几只鸡。起先他不愿意，不知道她为什么要费时费力为一个甚至连大地都拒不接受的男人准备一顿祭饭。他没有对她说在墓地发生的事，担心会加重她的悲伤，但他仍然不想帮她为那个他所知道的最卑鄙的男人举行一场礼拜仪式。玛梅一直坚持，说每个人都需要礼拜，并且科马尔确实留下了几只鸡和兔子。马吉欧恻隐之心顿生，一只只地割开鸡的喉咙，玛梅则在厨房里备饭。

马吉欧想起来，过去他几次偷科马尔的鸡进行报复。科马尔可能知道谁是偷鸡贼，但那时马吉欧已经从少年变成青年，所以父亲不敢向他发起挑战，而玛梅也肯定知道是谁偷了鸡。

马吉欧宰完鸡，玛梅提一桶热水把鸡浸在里面。她忙着拔鸡毛，同时给厨房里的炉子点上火，烧水蒸饭。米饭不一会儿就熟了，似乎大家都还在布迪·达马公墓时玛梅就煮好饭了。努拉伊妮走到门廊看他们在做什么。此时马·索马开始在礼拜室里宣礼，呼唤大家来做昏礼。努拉伊妮的表情十分冷漠，自从玛丽安死后她就变得很孤僻，现在科马尔也死了，她更加沉默寡言。马吉欧转身看她，他所能做的只是祈求上苍能给她一点点她在玛丽安出生时所得到的快乐。

那孩子从出生后就一直生病，身体不比他的小腿粗，头稍微大一点。她的双颊下陷，下巴突出，像只病恹恹的小虫。马吉欧最初没注意到这点，因为这婴儿被紧紧包在一件红布褓褓中，盖着小毯子时给人一种印象，好像她有点胖。然后有一天玛梅提了一桶温水进去，努拉伊妮解开褓褓，露出婴儿那可怜的身躯。她不再在黎明前哭叫，只是半睁着眼躺在那里。

"看上去她好像就要死了。"努拉伊妮说。

她的乳房没多少奶水，好像婴儿只吮一口就把它们吸干了。卡莎傍晚带着一瓶煮好的牛奶过来，但新生儿只是不情愿地吮了一口就把嘴从奶瓶挪开，紧紧闭上，牛奶从她的腮边流下来。她小口小口地喘着气，有时轻轻哭两声，但大多数时候安安静静，似乎注定要长成一个听话的小女孩。马吉欧坐在母亲床边的一张椅子上，焦急地观察着那个虚弱的小生命，和努拉伊妮及玛梅交换着眼神，他们心里都在想，不知道这个小生命能不能熬过第二天。

马吉欧呼吸着房间里仍然散发着分娩恶臭的潮湿而污浊的空气。竹编的天花板上渗着水，石灰剥落，蜘蛛不知疲倦地在上面织网。一只微红的灯泡发出弱弱的光线。床垫角落和篮子里都堆着衣服，玛梅的旧书包放在柜子顶上，没穿过的鞋塞在床铺底下。马吉欧觉得这种环境使小婴儿透不过气来。

他站起来要打开窗户，努拉伊妮和玛梅显然也这样想。马吉欧让光线从院子里照进来，吹进来的新鲜空气带来一些温暖，以及树叶、鲜花和松松的土壤的香味。斑斑点点的光洒在婴儿身上，玛梅把她挪开，担心她太热了。然而小东西依然半睡半醒，好像不知道这个精美的宇宙正要前来迎接她。

"看上去她好像就要死了。"努拉伊妮又说。这个女人的悲伤冲走了她从这个孩子身上得到的所有快乐。她不再唱摇篮曲，也不再抚摩婴儿稀稀疏疏的头发。她惆怅地看着婴儿，也许知道这婴儿注定要死，觉得这小东西的灵魂随时准备脱离她的躯壳。马吉欧不忍心看婴儿和母亲。他离开房间，身后留下婴儿逐渐死亡的过程和一个绝望的母亲深深的挫败感。

那天科马尔·本·赛尤布没回家，马吉欧认真想过要砍下他的头。显然他没去工作，因为理发工具箱还在他房间里，但他的自行车和他最喜欢的斗鸡都不在。马吉欧知道，前一天他父亲去了废弃火车站里的那个斗鸡场，可只有真主才知道昨天晚上他在哪里过夜。

火车站离 131 号房不远，在后面几百码①远的地方。马吉欧手插在口袋里，他走过一排房子，和遇到的朋友点个头，抄条近路穿过砖厂，然后到了铁轨边。车站很久不

① 英美制长度单位，1 码等于 3 英尺，合 0.9144 米。

用了，枕木腐朽败烂，钢轨铁锈斑斑，大半被密密麻麻的过膝的杂草所掩埋。附近有些人家在轨道上晾床垫，有些在热气中烤木柴，有些铺开帆布晒稻谷。牧人放羊，牛啃野草，各种植物茂密生长，牛羊怎么也啃不完。

马吉欧回想起铁路还运行时的情况，那时他们刚搬到这里。这是一条死路，再走几英里就是铁路的终点。只有一列火车来来回回开着，也正因为只有一列火车，它可以随时停车，不必担心碰撞。人们开玩笑地说，有个乘客总是要求在家门口而不是在车站下车，还有个人招手要火车停车让他上车。有时火车司机得突然刹车，因为轨道上晒着木柴或躺着一头懒洋洋的牛，他得下车把木柴挪开，把牛赶走。镇里的人都知道这些笑话完全不是虚构。后来有一天火车停驶了，事先没有通告也没有解释，就像一个姑娘突然甩掉了男朋友。

站长还在，没人知道他是退休了还是在等待着幽灵火车回来。他住在废弃的车站边，人们还叫他站长。车站的建筑只能说是一副屋架而已，除了那面古老的钟和车站的布告牌，里面的东西都丢失了。站台上都是鸽舍和鸡笼，变成斗鸡和赛鸽的地方。每个晴天的下午，成群的鸽子飞得比过去的火车还快，斗鸡跳跃着用爪子和鸡喙互相扑打对啄。

马吉欧到那里时，平日那种忙忙乱乱的时候还没开始。他只看到一个无家可归的母亲带着孩子坐在一块纸箱板上，一条狗在垃圾堆里找吃的。

找不到人可以打听科马尔的下落，马吉欧怏怏不乐地靠在道口围栏的横杆上。他想，这浑蛋应当在这里。他认真观察着站台上斗鸡和鸽子留下的粪便，似乎是在寻找科马尔那只纯种斗鸡的踪影。路过的人走在一条横穿铁路的小径上，推着自行车，载着没熟的香蕉和里面装着没人知道是什么的大袋子，似乎要去市场。女人手提菜篮买了菜回来。他踢着小石子离开，走在钢轨上试着保持身体平衡。

火车停开后他就不再来这里闲逛。过去马吉欧看见乌黑的浓烟不可思议地从火车头的烟囱里冒出来时，一整个下午都会待在这里看火车开过去。火车掉头时他和欢乐的孩子们一起爬上火车，车轮转动时他们大胆地挂在车头上晃荡。有时一听到从远处传来的火车呜呜声，他就会把一根九英寸长的铁钉放在车轨上，让它被可怕的车轮轧扁。
轧扁后的铁钉变成一把小刀，再稍微锉锉就非常锋利。有
些老人吓唬他，说那样会使火车翻车。马吉欧不相信这话，
一直这样做。有一天火车撞上一头牛，也没有翻车，只是
差点把牛轧成两半。

最后的那几年，科马尔和他的赌友们占据了火车站。
努拉伊妮开始越来越疯，花木丛林出现，妻子不愿意和他
再有房事，科马尔就来这里消愁。几乎每天下午，他收了
理发摊后把自行车扔到一簇玫瑰花丛上，就带着那只纯种
斗鸡来赌场。一盏自车站的黄金时代起就一直挂着的汞灯
依然亮着，他就在那里逗留到半夜，看人赌博，喂他的斗
鸡，或用一种他说是草药混合剂的东西给鸡洗澡。

家里没人对他的事感兴趣，但科马尔对斗鸡的迷恋
减少了他在家里的暴力行为，所以他们也不再抱怨。他的
动物性本能明显地通过斗鸡发泄出来，使住在 131 号房的
人有了一点安宁。然而科马尔知道他妻子怀孕后，又开始
发狂了。那件事之后他待在车站的时间更久了。有人看见
科马尔就睡在那里，也许和某个妓女睡在售票室里，但马

吉欧并不在意。科马尔越少待在家里越好，努拉伊妮在他手里已经受够了。

虽然他带着纯种斗鸡离家，却没有留在火车站。也许他在哪里和某个人斗殴，被人切开喉咙，剁碎身子，装进一个麻袋，里面塞满石头扔到河里了。科马尔就此消失。马吉欧懒洋洋地沿着铁路穿过砖厂回家，这种想法使他陶醉。

他在家里的前院发现一只雄壮的公鸡，鸡笼上压着一块石头防止被风刮走。那个男人横躺在家里的椅子上抽一根丁香叶香烟。这使马吉欧非常恼怒，他想激怒他，想问他："先生，什么事让我们这么高兴？"但看到那张满布皱纹的面孔后，一种异样的悲哀涌上心头，因为他眼前的男人已经看到，或者即将看到，一个不是他的女儿，却从他妻子的肚子里生出来的新生婴儿的死亡。

马吉欧离他远远地坐下，一言不发地盯着他，接着把脸转向房间里凄凉地凝视着垂死婴儿的努拉伊妮，然后又把目光转向年老体衰的科马尔。现在家人团聚了，每个人都在场，所有的分裂和仇恨都一目了然，这令人非常不舒服。科马尔瞟了马吉欧一眼，无法面对小伙子的直视，又把注意力集中到两指之间的丁香叶香烟。马吉欧目光茫然，双眼半闭，不知道在想些什么，注意力只集中在自己的呼吸上。玛梅是唯一还有精力的人。她把水桶提回厨房，然后回到房间里坐在床沿上。努拉伊妮抬起头来看一眼马吉欧，然后盯着已经睡着了但也许不会再醒过来的婴儿。

新的一天到来时婴儿还活着，虽然更不爱动了。母亲的乳汁干涸了，婴儿只吮了一口卡莎带来的牛奶，努拉伊妮想硬往她嘴里灌些汤汁，但灌不进去。婴儿的眼窝陷得更深，嘴巴往下耷拉，身上散发出死亡的味道，就像一锅热米饭上腾腾的蒸气。

婴儿和死神斗争，母亲担心甚至连微风都可能对这个小小的身体不利。科马尔没瞧过婴儿一眼，他从没走进过她所在的房间，残忍的"父亲"只是坐在椅子上吸着丁香叶香烟。如果肚子饿了，他就走进厨房自己吃饭，有什么吃什么，也不问别人要不要吃。马吉欧没怎么动。他睡在椅子上，忘记了他的朋友们。他像看戏那样观察着家里发生的一切，冷漠地看着演员们怎么扮演分配给他们的角色。

早上九点，科马尔离家去理发摊，随之而来的是相对的安宁，但努拉伊妮从没停止对小东西的忧虑。马吉欧并不为婴儿的生命感到担忧，他更担忧的倒是如果这个半死不活的小东西死了，他母亲会陷入更深的悲痛之中。不管是不是婴儿的亲生父亲，他希望科马尔能为努拉伊妮做点事，而不只是沉迷于斗鸡。但谁都看得出来，科马尔对孩子要死了感到高兴，盼望着她死。

婴儿出生后的第七天，那个男人失踪了。全家人都很高兴，婴儿仅靠努力吮吸几滴瓶装牛奶就可以活这么长时间，他们开始觉得有点希望。一星期是一个里程碑，虽然小小的身体虚弱不堪，呼吸断断续续，但如果一个婴儿可以活一星期，那就可能再赖上一年、十年或更久。马吉欧看到努拉伊妮脸上出现了一丝笑容，而这女人也敢把婴儿带出卧室了，只是仍将她裹得严严实实以防不测。

这应当是科马尔为孩子取名字的日子。不管怎样，孩子在他家里出生，邻居们也都以为那是他的孩子。但他却失踪了，没说他要去哪里。马吉欧再出门找他，却怎么都找不到。这次理发工具箱和斗鸡都在家。一大早努拉伊妮就坐在屋前一张椅子上哼着催眠曲，轻轻摇晃着坐在她膝上的婴儿。"你很快就会有个名字了。"她轻声说。但科马尔不在，没有任何迹象表明他会回来。

玛梅告诉马吉欧应当给婴儿剃头。在妹妹和母亲的见证下，马吉欧打开了父亲的理发工具箱，找出剪刀和刮刀，婴儿还在努拉伊妮的膝上半睡着。母亲摘下婴儿的帽子，马吉欧洗了洗她稀疏的头发，用一只手的两根指头捏起灰黑色的一撮，另一只手拿着剪刀开始剪发。剪下的头发放在桌子上用纸包着，剪完后他们要按照习俗把头发和米当作礼物送给穷人。马吉欧和玛梅盯着婴儿头上的每一个发囊，不想落掉一根头发。

十分钟后仪式结束，努拉伊妮眼中焕发出快乐的神色。她把手织的帽子再戴到婴儿头上御寒。马吉欧建议母亲给婴儿取个名字，她说就叫玛丽安吧。名字就这样突然冒出来。那可能是努拉伊妮曾经在收音机里听过的某出戏里的人物，他们家隔壁的邻居把收音机放在院子前面的一张椅子上，人们就蹲着听；或者是她回想起在青年时代认识的某个姑娘的名字。马吉欧和玛梅没有细问，婴儿有个名字就够了。

当天稍晚后玛丽安就死了。此前他们吃完了马吉欧出于报复而宰掉的曾经获得奖品的斗鸡。婴儿没吭一声就死了，悄然而逝，暗淡的生命之光消失在黑暗中。努拉伊妮走进她的花木丛林，尽力不让自己倒下去。她一边摘花一边哼着忧伤的歌，泪如泉涌。

玛哈拉妮所不知道的是，马吉欧家里有一道深深的创伤，而夭折的女婴触动了这道创伤的所有部位。那天晚上看电影时，是否要告诉她——谁是玛丽安的亲生父亲而他俩也不可能成为情侣，这个问题一直在折磨着马吉欧。他想挑开痛疮，让她看看极为恐怖的真相，但他对她的爱慕和他们在足球场上拥抱时姑娘不断表白的爱情使他无法开口。他们接吻，但真相让马吉欧浑身冰凉。

姑娘可以看得出他心神不宁，但她觉得那是因为紧张和缺乏经验。她戏弄地摸了摸他，想把他从自我意识中解放出来，但他只是用充满痛苦的眼睛看着她，知道会因为不可避免地失去她而万箭穿心，怀疑自己是否可以和她断绝关系。

他无法告诉她，在科马尔·本·赛尤布发现努拉伊妮怀孕不久将她打得半死后，他所看到的那一幕。那天丈夫离家后，努拉伊妮就恢复过来了，哼着歌打扮自己。马吉欧无法理解她那近于变态的好心情。她身上伤痕累累，却似乎毫无感觉。他对母亲的忍耐力感到不可思议。努拉伊妮看上去很愉悦，似乎像受人宠溺而不是被人虐待，穿着一件米黄色的衣服腆着肚子冲出家门。马吉欧偷偷跟着她，等她进了安沃尔·萨达特家便伏下身来躲着继续偷看。从那时起他开始怀疑安沃尔·萨达特，他那邪恶和不安分的眼睛众所周知，而努拉伊妮待在他家的时间和待在自己家的时间差不多。马吉欧需要证据，虽然并不知道取得证据后他会做些什么。

他蹑手蹑脚地走近那所熟悉的房子，像多年来那样，没有敲门就从边门走了进去。他站在晒着衣服的门廊中间。他母亲通常都在井边洗衣服或做饭。屋子里很安静，阒若无人。马吉欧悄无声息地溜进去，眼睛盯着一幅挂在墙上的画。梅莎·迪薇和孩子在房间里，门半开着。他走进厨房，但里面没人。他转身走到安沃尔·萨达特房间门口。他想把门推开，但门锁上了，于是准备离开。

屋子西边有一块小苗圃，用一道齐腰高的墙围起来。他们家在许多大窗户下面种橙子和香蕉。那个院子对外人是个禁地，但马吉欧除外，因为他经常去那里割枯萎的香蕉叶。透过前面卧室的窗户他可以看到房间里面没人，莱拉不在那里。他还看到，尽管灿烂的阳光直射她的房间，慵懒的梅莎·迪薇依然盖着毯子躺在床上。第三扇窗户是玛哈拉妮的房间，已经关上了，只有在姑娘放假回家时才会打开。马吉欧在下一个房间边上停下来。

里面传来模糊不清的嘟哝声，他确信安沃尔·萨达特和他母亲正在做爱。尽管真相已经大白，但出于好奇或是顽皮，他走上前去。透过一扇被深红色窗帘遮住的玻璃，他看到一丝不挂的母亲躺在安沃尔·萨达特身下。他们不知道有人正在偷窥，依然晃动着身躯，亲密无间，不可分离。马吉欧想看看母亲在那种时刻的表情，想知道她那张被汗水湿透的脸上焕发出什么样的光彩，二十年来遭受虐待时的痛苦表情如何被激情冲刷殆尽。他为他们全身心沉浸于性爱而感到高兴。他的眼睛在两个纠缠在一起的身躯上游移，从一个身躯到另一个，最终理智逼他离开。他需要坐下来好好厘清自己的思绪。在回家的路上他的头突然剧痛，比酒后的头疼更为强烈。他想哭。

当天傍晚他待在守夜值班的小茅屋里，能弄到手的酒都被他灌进肚了，其中多数是从阿古斯·索扬的摊上买来的兑了亚力酒的啤酒。他躺在那里呕吐咳嗽，诅咒着一个该死的女人和一只嗜血的狐狸。他的朋友们摸不着头脑。他语无伦次地说："因为那个笑容，我原谅你和任何狗杂种睡觉。"想到家里的一团混乱他几乎都要发疯了，直到他突然顿悟，理解了母亲。他不能剥夺属于她的那么一点点快乐。

因为玛丽安之死给母亲带来巨大的悲伤，马吉欧一直想把父亲的头砍下来。葬礼过后不久，那个男人终于出现了，一脸喜气。然而马吉欧没有勇气拿把大砍刀朝他劈下去。脑海中浮现出来的努拉伊妮和安沃尔·萨达特赤裸裸的身躯使他怜悯父亲，无法下手，尽管他是那么令人厌恶和怨恨。然而想要结束科马尔生命的念头一直驱之不去。那天清晨邂逅他的雌虎后，这种念头更加强烈了。他可以感觉到这种念头在体内沸腾，刺激着这头想扑向科马尔·本·赛尤布喉咙的野兽。

当他面对在科马尔死后那天出现的玛哈拉妮时，愤怒更加紧紧地攫住他。马吉欧正准备庆祝他家得到解放，期待一个野蛮父亲的死会带来愉快的生活。然而那天晚上他见到玛哈拉妮，她向他表白了爱意。他本应告诉她所有这一切，打消他俩可以在一起的任何想法。他拖延得越久，事情就越难拉扯清楚。

草药公司换上了电影的第二盘胶片，这表明他俩已经坐着拥抱和羞怯地亲吻了近一小时。马吉欧的笨拙让玛哈拉妮心烦意乱。她放弃了最后一次想要接吻的想法，责备地看着他，默默地要他做出解释。马吉欧满怀内疚和惭愧，随时准备为他所没犯下的过错而接受惩罚。

"告诉我，你喜不喜欢我？"她说，肩膀颤抖起来。听着她的抽泣声，马吉欧面对着她抓起她的双手，但被她甩开了。马吉欧伸手摸摸她的胳膊，她也闪开了。她不是在装腔作势，只是心烦意乱。马吉欧进退两难。

他说："有些事你不知道。"这次他口齿清晰，充满决心。玛哈拉妮继续抽泣着，她对他那神秘的话不感兴趣。无论他说什么，都会引到一个结论，即他们的关系只是浪费时间，那些亲吻和他们之间的柔情蜜意都毫无意义，她所付出的感情没能打动他的心。他不想要她，那就是结论。

他说："我们不可能相爱。"

"为什么？"

她盯着他的眼睛，她的鼻子通红潮湿，湿透的头发沾在两腮。看着她，他的内心在退缩，哀叹现在一切都无可挽回，他多么希望能忘掉母亲所做的一切，让他可以抱她亲她。然而玛哈拉妮质疑地盯着他，要求得到回答。他已经没退路了。

马吉欧咕哝着，随后要说的话很快就从舌尖上蹦了出来。

"你父亲和我母亲睡觉，生下了那个名叫玛丽安的小女孩。她在出生后的第七天就死了，因为我父亲知道真相后痛打了我母亲，所以玛丽安早产了。"

这些话足以打断姑娘的啜泣。她吃惊地张大嘴巴，一时无法接受这些话。她只知道马吉欧说出了一个真相，就像每星期五下午凯雅·加罗在清真寺里宣讲的，从扩音器里传出来的，在镇里久久回荡的任何一段《古兰经》经文那样意义重大。

玛哈拉妮站起身，像鄙视窃贼那样双眼斜视着马吉欧。她舌头打结，想着要说些什么，但又打消了念头，只是双唇紧闭。马吉欧回看她一眼，默默地证明他所说的都是真的。他不必细述透过那扇窗户看到的两个情人欲火中烧紧缠在一起的情节。仅从他那坚定的眼神中玛哈拉妮就可以对他的话做出判断，然后她从他身边走开了。她穿过街道，不在乎来来往往的车辆会不会把她碾成烂泥，她的喇叭口牛仔裤随着她急匆匆的脚步左右摇摆。她抹着眼泪一路哭着走回家。这就是那天晚上安沃尔·萨达特的小女儿表现异常，一直把自己反锁在房间里的原因。第二天早上她便抛下困惑不解的父亲，急忙离家而去。

马吉欧没看完电影就回家了，有了一种解脱的感觉，虽然失去那姑娘让他痛心不已。他坐在前廊上看着母亲的花木丛林，发誓要让他生活中的一切不幸从此结束。两颗心破碎了，但这是无可奈何的事。他一直在那里坐到凌晨，一阵小雨冲刷了地面。一股带着潮湿的泥土芳香、清新而令人心安的微风拂过。玛梅打开门叫他进去。但马吉欧没动，他心潮澎湃，思绪万千。

雨下得更大了，水从屋顶的雨槽里漫出来。他希望雨一下子下完，第二天天晴可以去捕野猪。捕野猪的记忆把他带回现实，他看到了辉煌的未来。他体内有一头雌虎，令人厌恶的父亲已经死了，那个已经成为包袱的玛哈拉妮也走了。他所需要的玛梅和母亲都在家里。

他整夜没睡。雨停了，天亮了，但风还在吹。骚动不安的空气中的某种东西告诉他玛哈拉妮已经离家了。他在想着要不要去看她，跟她讲和。她不应当为所发生的那些事情承担责任，那都是命运在捉弄人。飘过来的香味告诉他，那姑娘脸上挂着两行泪水匆匆忙忙提着包赶去公共汽车的起点站，拒绝让安沃尔·萨达特为她送行。马吉欧应当在她身边，就像当年他们共撑一把伞那样。他应当为她拎包，送她上车，告诉她下次回来时他会在那里等她，在发动机轰响起来和车轮开上柏油路时向她挥手告别。但那只是个白日梦而已，在真实生活中一切都已经失去了。留下的只是一个宝贵的教训，也验证了那条定论：爱情只会带来痛苦，不可能有别的。

他眼睛充血，但一点睡意都没有。玛梅和努拉伊妮都醒了。玛梅在厨房里弄出各种声音，那是这几年来属于她的王国。努拉伊妮坐在她的椅子上喝着一杯甜甜的冒着热气的咖啡，这是女儿为她泡的。她看上去枯瘦如柴，脸上的皱纹比生活在科马尔拳头下的那些悲哀的年头更密了。玛丽安的死是对她的最大打击，比藤条掸子的抽打更令她痛苦。马吉欧怀疑，科马尔的死是否真的会使他们得到解脱，他所带来的一切灾难是否会真正结束。而答案就写在母亲那张像裂开的河床一样的脸上。

马吉欧吃了几口放在餐桌上的面条，然后出门感受冉冉上升的太阳的温暖。玛哈拉妮肯定正在回学校的路上。他看到安沃尔·萨达特穿着短裤和 ABC 珠宝公司的汗衫坐在煎饼摊前埋怨着女儿。他们互相看了一眼，马吉欧心里知道，这就是唯一可以让他母亲快乐的人。他没在摊边停下来，而是走进萨达拉少校家逗豺狗玩。他喜欢逗这些狗，让它们往他身上扑，但此刻他的思绪依然停留在努拉伊妮和安沃尔·萨达特身上，这让他烦躁不安。

他在镇里狭窄的小巷中游荡，遇到朋友时也不多说话。那天他没回家，只吃了几个在当铺前院里摘的番石榴，向阿广·育达要了一根香烟。他想在守夜值班的小茅屋里睡个觉，但没法闭眼。关于他母亲的各种奇思怪想搅得他心神不宁。

他想和好友阿广·育达谈谈，但窘困和羞愧使他无法开口。两人在足球场上相互逗趣，然后躺下来看鸽子在高空飞翔。接着他把朋友拉到阿古斯·索扬的饮食摊上，可即便在那时他仍然无法释怀。他只好思念那个可以和他无拘无束交谈的玛哈拉妮，以此来折磨自己。

那天闲逛够了之后，他发现自己站在安沃尔·萨达特家的院子里进退两难。他没带凶器，也无意杀死那个男人。他只是想和他谈谈。使他犹豫不决的不是恐惧，而是难堪。他看到房门打开了，安沃尔·萨达特依然穿着那天早上的衣服，以他之前所想象的那副模样出现。马吉欧迎面向他走过去，他得在他的勇气消失之前开口。

他说："我知道你和我母亲睡觉,玛丽安是你的孩子。"

他的话在空中回响,安沃尔·萨达特面如死灰。

"娶我母亲,她会高兴的。"

安沃尔·萨达特紧张地摇摇头,断断续续地回答:

"那不可能,你知道我有妻子和女儿。"他脸上的某种表情已经说明,提出这种建议真是荒谬可笑,然而他还是多说了一句,"而且,我并不爱你母亲。"

就在那个时候,老虎扑出来了,和天鹅一样白。

作者的话

　　我总是说，我是看着恐怖小说、武侠漫画和故事，还有爱情小说，甚至是蜡纸刻印出来的书（用蜡纸刻字后秘密印刷出来的色情小说）长大的。如果我在十几岁时想过要写本小说，最想写的肯定会是恐怖小说或武侠小说。

　　当然，当我在 2002 年出版第一部小说时，也就是从加札·马达大学哲学系毕业后不久，情况就全然不同了。我发现了更多的小说，并且成为陀思妥耶夫斯基、克努特·汉姆生、赫尔曼·梅尔维尔和许多其他作家的忠实读者。他们大大地开阔了我的小说和文学视野。但是，我对恐怖小说和武侠小说的痴迷一如既往，也许终生不渝。

　　有人会说，《人虎》是日常犯罪故事和神秘信仰的混合体。也有人会在这些小说中看到印度尼西亚的历史，看到印度尼西亚社会和政治评论，以及人类心理学的实验。但是，它最初作为一个有关幽灵和神秘生物的故事的倾向依然存在。而且，我并不否认，我也受到了犯罪悬疑小说的极大影响。

我经常把自己看作"混血的一代"，一方面有充满迷信色彩的本土信仰，另一方面又学习西方哲学。我把阅读印尼通俗小说和世界性小说融为一体，既把小说视为一个寻求娱乐的地方，同时也作为一种政治和审美表达的手段。我们不都是所有这些文化交叉所催生出来的吗？

自这部小说第一次出版以来，差不多过去二十年了。这个简体中文新版将与我在当年写作时未曾谋面过的读者相遇，也许他们会迎来一场陌生的奇遇，但与此同时，我相信无论何人在何地都会从中看到熟悉的东西。毕竟，小说是关于人类自身的情感、悲剧和幽默。我所写的这个关于两个家庭和一只神秘老虎的故事也不例外。

埃卡·古尼阿弯

2023 年 3 月

本书所有脚注均为译者所作

© 民主与建设出版社，2023

图书在版编目（CIP）数据

人虎 / （印尼）埃卡·古尼阿弯著；吴亚敏译 . --
北京：民主与建设出版社，2023.5
　　书名原文：MAN TIGER
　　ISBN 978-7-5139-4132-7

Ⅰ. ①人… Ⅱ. ①埃… ②吴… Ⅲ. ①长篇小说 – 印
度尼西亚 – 现代 Ⅳ. ① I342.45

中国国家版本馆 CIP 数据核字（2023）第 044105 号

MAN TIGER

Copyright © 2004 by Eka Kurniawan
English-language edition published by Verso 2015
Translation © Labodalih Sembiring 2015
Originally published in Bahasa Indonesia as Lelaki Harimau
© Gramedia Pustaka Utama, Jakarta 2004
Simplified Chinese translation copyright © 2017
by Guangxi Normal University Press Group Co., Ltd.
ALL RIGHTS RESERVED
本书中文简体版权经由锐拓传媒取得 Email:copyright@rightol.com
本书中文译本由广西师范大学出版社授权

版权登记号：01-2023-2126

人 虎
REN HU

著　　者	〔印尼〕埃卡·古尼阿弯	
译　　者	吴亚敏	
责任编辑	王　倩	
策划编辑	崔云彩	
封面设计	尚燕平	
出版发行	民主与建设出版社有限责任公司	
电　　话	（010）59417747　59419778	
社　　址	北京市海淀区西三环中路 10 号望海楼 E 座 7 层	
邮　　编	100142	
印　　刷	文畅阁印刷有限公司	
版　　次	2023 年 5 月第 1 版	
印　　次	2023 年 5 月第 1 次印刷	
开　　本	787 毫米 × 1092 毫米　　1/32	
印　　张	7.5	
字　　数	108 千字	
书　　号	ISBN 978-7-5139-4132-7	
定　　价	52.00 元	

注：如有印、装质量问题，请与出版社联系。